KB092149

흥부젼

흥부전

서해문집 청소년 고전문학 006

초판 1쇄 발행 2023년 7월 30일

풀어옮긴이	유정월
해 설	송동철
그린이	엄주
펴낸이	이영선
책임편집	이현정
편집	이일규 김선정 김문정 김종훈 이민재 김영아 이현정 차소영
디자인	김회량 위수연
독자본부	김일신 정혜영 김연수 김민수 박정래 손미경 김동욱

펴낸곳 서해문집 | 출판등록 1989년 3월 16일(제406-2005-000047호)
주소 경기도 파주시 광인사길 217(파주출판도시)
전화 (031)955-7470 | 팩스 (031)955-7469
홈페이지 www.booksea.co.kr | 이메일 shmj21@hanmail.net

ⓒ유정월 송동철 엄주, 2023
ISBN 979-11-92988-20-7 43810

서해문집
청 소 년
고전문학

006

흥부전

유정월 풀어옮김
송동철 해설
엄주 그림

서해문집

머
리
말

　욕심 많은 형 놀부와 가난하지만 착한 동생 흥부 이야기는 우리에게 선하면 복을 받고 악하면 벌을 받는다는 메시지를 전해 줍니다. 그러나 교훈만을 중심으로 읽는다면 무척 아쉬운 일입니다. 조선 시대 이후에도 많은 사람이 찾고 즐길 만큼 매력이 넘치는 작품이거든요.

　오랜 시간 향유되었기 때문에 이본도 여럿인데요. 이 책은 김연수 명창의 판소리 창본(일부는 박록주 창본) '흥보가'와 경판 25장본 '흥부전'을 풀어 쓴 것입니다. 김연수 창본을 읽는 것이 천천히 구경하는 여행이라면, 경판 25장본은 목적지를 성큼성큼 둘러보는 여행이에요. 핵심적인 사건을 중심으로 이야기가 이어지고, 결말도 조금 다르지요.

　옛날에 판소리는 재담才談을 잘하는 소리꾼이 불렀습니다. 재담이란 익살과 재치로 웃음을 선사하는 이야기입니다. 지금으로 치면 코미디언들이 재담을 잘하는 사람들입니다. 놀부가 심술을 부리는 장면을 보세요. '옹기 가게 돌팔매질, 비단 가게 물총질, 가문 논에 물구멍 파고, 장마 논에 물구멍 막고, 소리하는 데 잔소리하기, 풍류하는 데 나발 불기.'

누군가가 심술부리는 장면은 일반적으로 혐오나 두려움을 불러일으키지만, 놀부의 심술보를 능수능란한 말솜씨로 그려 내니 웃음이 실실 납니다.

흥부의 가난을 묘사하는 대목도 오묘한 재미가 있습니다. 그의 집은 누워서 기지개를 켜면 발은 마당으로, 머리는 뒤꼍으로, 엉덩이는 울타리 밖으로 나갈 정도로 작습니다. 동네 사람이 보고 "이 엉덩이 불러들이소" 하지요. 웃긴데 웃기지만은 않고, 슬픈데 슬프지만은 않은 정서를 느낄 수 있어요.

이 최고의 가난뱅이는 하루아침에 벼락부자가 됩니다. 다리를 고쳐 준 제비가 박씨를 물어다 주면서 인생이 바뀌지요. 흥부네 박에서 나오는 옷과 음식, 물건들은 당대의 갑부가 가질 수 있다고 여겨졌던 것입니다. 여러분은 최고의 부자가 된다면 무엇을 하고 싶은가요?

반대로 놀부는 그 많던 재산을 하루아침에 잃고 거지가 됩니다. 정말 빠르게 재산을 탕진해요. 흥부 박과 놀부 박이 대립되고 대칭되는 지점을 찾아보아도 흥미로울 겁니다.

《흥부전》에는 옛사람들이 무엇을 먹고 입었는지, 무엇을 가지고 생활했는지 잘 나와요. 모든 감각을 동원해서 읽어 보세요. 쫄쫄 굶던 자식들이 벌레처럼 하얀 쌀밥을 파먹을 때는 그 냄새와 맛이 나는 듯하고, 누더기를 입던 흥부 부부가 쏟아지는 비단으로 노는 장면에서는 눈앞에 화려한 비단들이 휘휘 늘어져 있는 듯합니다. 용과 봉황을 새긴 장롱, 원앙을 수놓은 베개, 은요강에 순금 대야 등 온갖 번쩍이는 살림살이들에 눈이 휘둥그레집니다.

이야기의 구조나 장면을 표현하는 방식도 특별합니다. 박에서 나온 궤에서 쌀과 돈이 계속 쏟아지니 "떨어 붓고 닫쳐 놨다 열고 보면 도로 하나 가득하고, 툭툭 떨고 돌아섰다 돌아보면 도로 하나 가득하고, 떨어 붓고 나면 도로 수북, 떨어 붓고 나면 도로 가득"하다고 해요. 랩 못지않게 빠르고 흥겨운 리듬감이 있지요.

또 노적이 담불담불 쌓였다거나 고기를 납작납작 오려 낸다거나 깨소금에다 참기름 쳐 부스스 재운다는 등 구수하고 아름다운 우리말의 묘미를 제대로 만끽할 수 있어요.

　신명 나는 운율과 풍부한 의성어, 의태어는《흥부전》이 원래 판소리였다는 점과 무관하지 않습니다. 판소리는 듣는 재미를 주는 것이었어요. 흥부처럼 어렵게 매일의 생계를 꾸려야 했던 사람들에게 함께 모여 판소리를 듣는 날은 모처럼 시름을 잊고 한바탕 노는 시간이었겠지요? 여러분도 같이 즐겨 보시길 바랍니다.

유정월

김연수 창본 홍보가

경판 25장본 흥부전

해설 《흥부전》을 읽는 즐거움 • 179

김연수 창본

흥보가

사람마다 오장육보로되
놀보는 오장칠보

우리나라는 군자의 나라요, 예의 있는 나라라. 열 집 사는 작은 마을에도 충신이 있고 일곱 살 먹은 어린애도 효도와 우애를 일삼으니 어찌 불량한 사람이 있으리오마는, 요순시절에도 흉악한 죄인이 있었고 공자님 당시에도 도둑이 있었으니 아마도 나쁜 기운은 어쩔 수 없는 법이었다. 우리나라 경상도에는 함양이 있고 전라도에는 운봉이 있는데, 운봉과 함양이 맞닿는 곳에 박가 형제가 있었으되, 놀보는 형이요 흥보는 아우로 같은 부모에게서 났으나 성품은 각각이라. 사람마다 오장육보로되 놀보는 오장칠보인 것이었다. 어찌해서 칠보인고 하니, 심술보 하나가 왼쪽 갈비 밑에 장기짝처럼 딱 붙어 가지고 이놈의 심술이 사철을 가리지도 않고 한도 끝도 없이 나오는데.

불길한 데로 나무 베라 하고, 재수 없는 데로 이사 권하고, 흥한 데로 집 지으라 하기. 불난 집에 부채질, 애기 밴 부인 배 차고,

오대 독자 불알 까기. 다 큰 처녀 모함하고, 초라니 보면 추파 던지고, 의원 보면 침 도둑질, 거사居士* 보면 소고 도둑질, 지관地官* 보면 나침반 감추기. 똥 누는 놈 주저앉히고, 곱사등이는 뒤집어 놓고, 앉은뱅이는 발길질하기, 엎어진 놈 뒤통수 치기, 달리는 놈 정강이 치고, 삼거리에 함정 파기. 애 낳는 데 개 잡고, 다 된 혼인 방해 넣고, 결혼식에 승강이질,* 상여 멘 놈 몽둥이질과 기생 보면 코 물어뜯고, 제삿술 병에다 가래침 뱉고, 옹기 가게 돌팔매질, 비단 가게 물총질, 고추밭에서 말달리기, 가문 논에 물구멍 파고, 장마 논에 물구멍 막고, 애호박에다 말뚝 박고, 다 팬 곡식 모종 뽑기, 웃어른 보면 말 놓기, 가난한 양반 보면 관을 찢고, 소리하는 데 잔소리하기, 풍류하는 데 나발 불기. 된장 그릇에 똥 싸기와 간장 그릇에 오줌 싸기, 우는 애기 집어뜯고, 자는 애기 눈 벌려 깨우기, 남의 제사에 닭 울리기, 무덤 옮기는 데 뼈 감추기. 머슴 일 년 품삯 안 주고 농사지어 추수하면 옷 벗겨 쫓아내기. 봉사 보면 인도해서 개천 물에다 집어넣고, 길 가는 나그네 재울 듯이 붙들었다 해 다 지면 쫓아내기. 이놈 심술 이러하니 삼강을 알겠느냐 오

---

* 초라니, 거사 초라니는 기괴한 여자 모양의 탈을 쓰고 붉은 저고리와 푸른 치마 차림에 깃발을 들고 유랑하는 사람이다. 거사는 조선 후기의 유랑 배우를 일컫는 말이다.
* 지관 풍수에 따라 좋은 땅과 나쁜 땅을 가리는 사람
* 승강이질 서로 자기주장을 고집하며 옥신각신하는 짓

륜을 알겠느냐. 삼강도 모르고, 오륜도 모르는 놈이 형제 도리를 알겠느냐.

놀보 놈은 이러하나, 그 동생 홍보는 마음이 착한지라.

부모님께 효도하고, 형제간에 우애하고, 일가친척 화목하기, 노인이 등짐 지면 알아서 져다 주고, 길가에 떨어진 물건 주인 찾아 전해 주고, 외로운 놈 봉변당하면 죽기를 무릅쓰고 말려 주고, 타향에서 병든 사람 고향에 소식 전하고, 집을 잃고 우는 아이 저희 부모 찾아 주기, 봄철 맞아 나온 벌레 죽이지 않고 한창 자라는 풀 나무 꺾지 않고, 보잘것없는 짐승까지 돕는 데 힘을 쓰니, 부귀를 어찌 바랄쏘냐.

하루는 놀보 놈이 이런 착한 동생을 내쫓을 양으로 공연한 생트집을 걸어 호되게 꾸짖는데,

"네 이놈 홍보야!"

홍보 깜짝 놀라 앞에 와 꿇어앉으니,

"네 이놈아! 말 들어라. 부모 모두 살아 계실 제 너와 나와 형제라도 구분 있게 기르던 일을 너도 마땅히 알 터라. 우리 부모 야속하여, 나는 집안 장손이라 조상 무덤을 맡기면서 글도 한 자 안 가르치고 밤낮으로 일만 시켜 소 부리듯 부려 먹고, 네 몸은 둘째라 내리사랑 더하다고, 처음부터 일은 안 시키고 밤낮으로 글만 읽혀 호의호식하던 일을 내 오늘 생각하니 원통하기 짝이 없다. 네놈은 부모 계실 제 권세를 부렸으니, 나도 이제는 기를 펴고 권세 좀 부

리련다. 또 이 집안 살림살이 내가 모두 장만했고, 논과 밭과 수만 마지기 내 혼자 장만하여 네놈 좋은 일 못 하겠다. 네놈의 식구들이 여태까지 먹은 것을 값을 쳐 받을 테나, 그는 다 못할망정 더 먹이진 않을 테니, 오늘은 너의 처자를 모두 앞세우고 당장 집에서 떠나거라."

흥보가 뜻밖에 이 말을 들으니 날벼락이 내리는 듯 천지가 아득해서,

"아이고, 형님! 부모 생전 하신 일은 제가 철을 몰랐으니 어찌 하신 줄 모르오나, 제가 죄가 있사오면 형님 분이 풀리시도록 종아리를 치시든지 엉덩이를 치시든지 죄를 주고 이르시지, 이 말씀이 웬일이시오?"

"이놈아! 우선 네 식구를 생각해 봐, 이놈아! 자식새끼만 돼지새끼처럼 줄줄이 퍼 낳으니 더 먹일 수도 없으려니와, 이놈 밥만 먹고 나면, 구렁이 돌듯 슬슬 돌아다니다가 주막에 나가 외상술이나 먹고, 윷이나 놀고, 골패*나 하고 다니는 꼴 보기 싫으니, 잔소리 말고 썩 나가거라."

흥보가 기가 막혀,

"아이고 형님! 웬 말씀이오. 형제는 한 몸이라 한 조각을 버리시면 둘 다 병신이 될 것이니 바깥의 수모는 어이 막으며, 제 신세

* 골패 노름의 일종

16

는 고사하고 젊은 아내 어린 자식 누구 집에 가 의지하며 무엇 먹여 살리리까. 옛날에 장공예는 아홉 대가 함께 살았는데, 아우 하나 있는 것을 나가라고 하옵시니 이 엄동설한에 어느 곳으로 가오리까? 지리산으로 가오리까? 태백산으로 가오리까? 백이숙제伯夷叔齊* 굶어 죽던 수양산으로 가오리까?"

놀보가 듣고 화를 내어,

"이놈! 내가 너 갈 곳까지 일러 주랴! 잔소리 말고 나가거라."

불쌍하구나. 흥보 신세. 설움이 북받쳐 목메게 우는 모습을 사람의 인류으로는 볼 수가 없네.

"아이고, 아이고, 내 신세야. 부모님 살아생전에는 네 것 내 것 다툼 없이, 평생에 호의호식 먹고 입고 쓰고 남아 세상일 몰랐더니, 흥보 놈의 신세가 하루아침에 이리될 줄 귀신인들 알았느냐. 여보소, 마누라! 우리가 이렇게 나가면 어느 곳으로 가서 살자는 말이오."

"여보, 영감! 그 말 마오. 넓고 넓은 천지 사람 살 데 없으리까! 아무 데라도 갑시다. 살기 좋은 서울로 갑시다."

"우리가 풍속을 모르니 서울 가서도 살 수 없고 함경도 평안도 가자 한들 말소리 몰라서 못 가겠소. 이도 저도 다 버리고 산중으

---

* 백이숙제 형 백이와 아우 숙제. 주나라 무왕이 은나라를 치려 하자 간곡히 말렸다. 그러나 무왕은 결국 은나라를 정벌했고, 두 사람은 주나라 곡식 먹기를 부끄럽게 여겨 수양산에서 고사리를 캐 먹고 살다가 굶어 죽었다.

로 가옵시다."

"산중에 가 살자고 한들 물건이 귀해 못 살 테니, 어느 곳으로 가잔 말이오?"

형님 앞에 다시 엎드러져서,

"아이고 형님! 형제는 한 몸이니 한 번만 헤아려 주소서."

놀보가 듣더니마는,

"네가 정 갈 데가 없어 그렇다면, 네 갈 곳을 내 일러 주마. 다른 데로 가지 말고, 꼭 내 시키는 대로 찾아가거라. 첫째는 원산, 둘째는 강경, 셋째는 부안, 넷째는 법성, 다섯째는 개주, 여섯째는 도둔의 생선 시장 찾아가서, 삼사월 긴긴 해에 수많은 자식들은 생선 엮기를 가르치고, 제수*는 인물 좋고 태가 장히 좋아 기생이 제격이니 노름방 꾸며 놓고 술상 끼고 앉았으면, 기개 있는 노름꾼들 서로 보기를 원하여 물 쓰듯 돈 쓸 테니 이삼 년만 그리하면 큰 부자가 될 것이다. 시키는 말 잊지 말고 꼭 그렇게 할 것이지. 애당초 나는 믿지 마라. 네 만약 떠난 후에 다시 이 문 앞에 들어서면 살인이 날 것이여, 이놈!"

홍보 듣고 하릴없어 처자들을 앞세우고 제 형 앞에 하직할 제,

"형님 갑니다. 부디 안녕히 계옵시오. 저는 형님을 못 받들고, 조상 산소 못 모시고 정처 없이 가거니와, 마음 상하지 마시고 조

* 제수 동생의 아내

18

상 산소 모시고, 부귀공명 수명장수 유방백세* 하옵소서."

통곡하며 떠날 적에 심지어 하인들과 동네 남녀노소까지 눈물로 하직하니, 가련한 그 모습 목석인들 보겠느냐.

그때 흥보가 처자들을 앞세우고 정처 없이 다니다가 수개월 만에 하루는 복덕촌이란 곳을 찾아 들어가니, 인심도 거룩하고 농사지을 땅도 물이 튼튼해서 사람 살기 좋은지라. 마침 마을 앞에 집 한 채 비어 집주인 찾아 사정하니 집을 영구히 허락하거늘, 동네에서 솥 하나 얻어 걸고 근근이 지내 갈 제.

집 형상을 볼작시면 뒷벽에는 뼈대뿐이요 앞창에는 살만 남고, 지붕은 다 벗어져 추녀는 드러나고, 서까래는 옷을 벗어 밖에 가는 비 오면 방 안에는 큰비 오고, 부엌에 불을 때면 방 안은 굴뚝인데, 밥을 하도 자주 하니 아궁이에는 불이 났네. 멍석으로 깔개 하고 거적으로 방문 하고 짚 부스러기 이불 삼아, 춘하추동 사시절을 품을 팔아 살아갈 제, 위아래 논밭에 김을 매고 함께 모여 방아 찧기, 장사 무역 짐 지고, 초상난 집 부고 전하기, 잠시도 놀지 않고 이렇듯 품을 팔아 사는 것이 죽느니만 못하게 지내는구나.

흥보가 이리 고생을 하고 가난하게는 지내도 자식은 부자였다. 내외간에 금슬이 좋아 자식을 풀풀이 낳는데, 일 년에 꼭꼭 한 배

* 유방백세 아름다운 이름을 오래도록 전한다는 뜻

씩을 낳되, 으레 쌍둥이요, 간혹 셋씩도 낳고, 그렁저렁 주위 보태 놓은 자식들이 병든 애 하나 없이 아들만 스물아홉을 조르르 낳았겄다. 하루는 이놈들이 제각기 입맛대로 음식타령을 내어 저희 어머니를 조르는데 한 놈이 나앉으며,

"아이고, 어머니! 나는 흰쌀밥에 육개장 국물 후춧가루 얼큰히 쳐서, 더운 김에 한 대접만 주시오."

또 한 놈이 앉았다가,

"어머니! 나는 술지게미나 보리겨나 제발 배부를 것 좀 주시오."

한참 이럴 즈음에 흥보 큰아들놈이 썩 나앉는데, 수염에 가지가 돋친 놈이 수소 같은 소리로 저희 어머니를 부르겄다.

"어머니이!"

"어따, 이놈아! 너는 어찌 그리 목에 식구가 많으냐?"

"어머니 아버지 의논해서 나 장가 좀 보내 주시오."

흥보 마누라 기가 막혀,

"어따 이놈아! 야, 이놈아, 말 들어라. 우리가 형편이 있고 보면, 너 여태 장가 못 보내고 중한 가장 못 먹이고 어린 자식 벗기겠느냐. 못 먹이고 못 입히는 어미 간장이 다 녹는다. 제발 조르지를 마라."

볼기 이것 두었다가
어디다 쓰리오

이렇듯 마누라가 울음을 우니 흥보가 가만히 듣더니마는,

"여보, 마누라. 울지 마오. 나 읍내 좀 갔다 오리다."

"읍내는 뭣하러 가실라요?"

"관아에서 곡식이나 꾸어 와야 저 자식들을 먹이지 않겠소?"

"여보, 영감. 저 모양에 곡식 꾸어 먹고 도망한다고 안 줄 것이니, 가지 마시오."

흥보가 화를 벌컥 내며,

"무슨 일을 꼭 믿고만 다니는가? 구사일생으로 알고 가지. 잔소리 말고 내 도포나 이리 내와!"

흥보가 읍내를 가려고 도포를 차리는데 흥보 모양을 볼작시면, 편자 떨어진 헌 망건, 물렛줄 당줄에다 박 조각으로 관자 달아서 머리 아프게 졸라 쓰고, 테 부러진 헌 갓 줄 총총 매어 노끈으로 갓끈 달아 쓰고, 다 떨어진 적삼 살점이 울긋불긋, 목만 남은 버선에

짚 대님이 특별하구나. 헐고 헌 베 도포에 열두 토막 이은 띠 가슴에 눌러 고이 매고, 한 손에다가 곱돌 담뱃대를 들고, 또 한 손에다 떨어진 부채 들고, 죽어도 양반이라고 여덟 팔 자 걸음으로 어식비식 내려간다.

읍내에 당도해 질청秩廳*에를 들어가니 호장 이하 아전들이 우 일어나며,

"아니, 여 박 생원 아니시오?"

"거, 여러분 본 지 여러 해구려. 그래, 각 댁은 다 태평하신지."

"아, 우리야 편습니다마는 맏형님 안녕하신지요."

"우리 맏형이야 여전하시지."

"아니, 그런데 박 생원 이게 어쩐 걸음이시오?"

"글쎄, 식구는 많고 식량이 부족하여 환자還子*나 얻을까 하고 왔지마는, 그, 여러분 처분이 어떨는지 모르지."

"박 생원, 그리 말고 오신 김에 매품 좀 파실라요?"

"아, 돈 생기는 품이라면 팔고말고요."

"다름 아니라 우리 고을 좌수가 병영에 죄를 지었는데, 좌수 대신 가서 곤장 열 개만 맞고 오시면 한 개에 석 냥씩, 열 개면 서른 냥은 굳은 돈이오. 누가 가든지 말 타고 다녀오라고 마삯 닷 냥까

* 질청   아전들이 일하던 관아
* 환자   조선 시대 각 고을에서 백성에게 꾸어 주던 곡식. 봄에 빌려주고 가을에 이자를 붙여 거두었다.

24

지 주기로 했으니 다녀오실라요?"

"아, 그런 일 같으면 가고말고요. 내 아니꼽게 말 타고 갈 것이
아니라 정강이 말로 노자나 풍족히 쓰고 갔다 오겠소. 그 돈 닷 냥
날 내주시오."

"아, 그럼 그리하오."

저 아전 거동을 보아라. 궤짝 문을 절컥 열더니마는 엽전 닷 냥
을 내주니 흥보가 받아 손에 들어,

"내 다녀오리다."

"예, 평안히 다녀오오."

질청 문밖 썩 나서며,

"얼씨구나, 얼씨구나, 얼씨구나 좋네. 지화자 좋을시고. 돈 봐
라, 돈. 돈 봐라, 돈 돈. 도돈 돈 돈, 돈 봐라, 돈. 얼씨구나 좋을시고.
오늘 걸음은 잘 걸었다. 이 돈 닷 냥 가지고 가면 열흘은 살겠구
나!"

저의 집으로 들어가며,

"여보, 마누라! 어디 갔소? 대장부 한 번 걸음에 엽전 서른닷 냥
이 들어를 온다. 거적문 여소, 돈 들어갑네."

흥보 마누라 나온다. 흥보 마누라 나오며,

"어디 돈. 어디 돈. 돈 봅시다, 어디 돈. 이 돈이 웬 돈이오? 비싼
이자 돈 얻어 왔소?"

"아니, 그런 돈이 아니로세."

"그러면 이 돈이 웬 돈이오? 길거리에 떨어진 돈을 오다가다가 주워 왔소?"

"아니, 그런 돈이 아니로세. 이 돈 근본을 말하면, 대장부 한 번 걸음에 공짜같이 생긴 돈이로세. 돈 돈 돈, 돈 봐라. 못난 사람도 잘난 돈, 잘난 사람은 더 잘난 돈, 생살지권生殺之權* 가진 돈, 부귀 공명 붙은 돈, 수레바퀴같이 둥글둥글 도는 돈. 돈 돈 돈 돈 돈 돈 돈, 돈 봐라. 자, 이 돈 가지고 양식 팔아 오오."

양식 팔고 고기 사다가 자식들을 데리고 배부르게 먹었겄다. 그날 밤 흥보 마누라가 자식들을 다 잠재워 놓고 조용히 묻는 말이,

"여보, 영감. 배부르게 먹고 나니 좋기는 하다마는, 대체 이 돈이 어디서 났소?"

"여보! 큰일은 비밀 지켜야 하오. 다른 돈이 아니라, 우리 고을 좌수가 병영에 죄를 지었습디다. 그래서 내가 좌수 대신 가서 곤장 열 개만 맞고 오면, 한 개에 석 냥씩, 아, 열 개면 서른 냥 아니오? 날 말 타고 다녀오라고 마삯 닷 냥까지 줍디다. 그러니 만일 뒷집 꾀수아비란 놈이 알면 앞질러 할팅게, 쉬."

흥보 마누라 이 말 듣고 펄쩍 뛰어 일어서며,

"허허. 허허, 이것이 웬 말인가! 마오, 마오, 가지 마오. 아무리 죽게 된들 매품 말이 웬 말이오? 맞을 일이 있다 해도 재산 팔아

* 생살지권 살리고 죽일 수 있는 권리

모면할 것인데, 분명히 아는 일을 매 맞으러 간다 하니, 당신은 죽으려고 환장인가. 못 가리다, 못 가리다. 굶으면 그냥 굶고, 죽으면 좋게 죽지, 가련한 저 형상에 매란 말이 웬 말이오. 여보, 영감. 병영 곤장 하나만 맞아도 평생 골병이 든답디다. 제발 가지 마시오."

홍보 듣고 하는 말이,

"돈은 벌써 축났으니 도로 줄 수도 없으려니와, 아, 대관절 볼기 이것 두었다가 어디다 쓸 것이오? 아 이렇게 궁한 판에 매품이나 팔아먹제. 걱정 마오."

이렇듯 옥신각신하는 통에 어느덧 동쪽이 희번하게 밝아 오니,

"여보, 걱정 마오. 내 다녀오리다."

홍보가 내려간다. 병영 일백구십 리를 허위허위 내려가며, 신세 탄식으로 울고 간다.

"아이고, 아이고, 내 신세야. 천지가 생기고 사람이 생겨날 제 특히 후하고 박한 게 없으련만, 박흥보는 복이 없어 매품이란 말이 웬 말이냐."

그렁저렁 길을 걸어 병영 문에 당도해서 쳐다보니 군로사령[*]들이 이리 가고 저리 갈 제, 홍보는 근본이 순한 사람이라 벌벌벌 떨면서 들어간다.

하필 그날 사람이 넘쳐 "죄인 잡아들여라!" 방울이 떨렁, 사령

* 군로사령   군대에서 죄인을 다루는 병졸

이 "예-이!"

홍보가 벌벌 떨며,

'내가 아마도 산 채로 염라대왕을 보러 왔는가 보다.'

관청 문을 들여다보니 죄인들이 네댓씩 형틀에 엎어져 볼기를 맞거늘, 홍보 마음에는 그것이 모두 돈 버는 사람들인 줄 알았겠다.

'아이고, 저 사람들은 일찍 와서 돈 많이 번다. 수백 냥씩 버는구나. 나도 볼기를 좀 까고 엎어져 볼까?'

볼기를 까고 문간에 엎어졌을 제 사령들이 우 쏟아져 나오더니,

"야, 이런 일 좀 보소. 병영 문 세워진 후 문간에서 볼기 파는 놈 생겨났네!"

그중에 홍보 아는 사령 하나가 나오며,

"아니, 여 박 생원 아니시오? 왜 이러고 엎어졌소?"

"매 맞으러 왔지."

저 사람 알아듣고,

"박 생원, 일이 곯았소,[*] 곯아."

"아니 곯다니?"

"아까 조사 후에 어떤 놈이 홍보 씨 대신이라고 와서, 곤장 열 개 맞고 돈 삼십 냥 짊어지고 한 오십 리는 갔을 것이오."

"아이고, 여보게. 그 사람이 어떻게 생겼던가?"

---

* 일이 곯았소 '일이 잘못되었소'라는 뜻

"키는 조그마하고 모기 눈 주걱턱에 쥐 털 수염 올라가고 곤장 열 개를 맞는데, 그놈 야무지게 맞습디다."

"아이고, 이 일을 어쩔거나. 어젯밤 우리 마누라 우는 통에 뒷집 꾀수아비란 놈이 알고 새치기를 했구나."

흥보 저의 집으로 돌아오며 팔자를 탄식한다.

"몹쓸 놈의 복이로다. 매품에도 재수가 없으니 이런 복이 또 있느냐. 집이라고 들어간들 처자들이 물어보면 무슨 말로 대답을 할 거나."

서러이 울면서 돌아올 적, 그때 흥보 마누라는 흥보 떠나던 그 날부터 매를 맞지 않게 해 주시라 하느님께 빈 후, 눈물 그칠 날이 없이 가던 길을 바라본다.

"불쌍하신 우리 영감, 어이 이리 못 오신고. 어디만치 오시는 가? 약한 몸에 매를 맞고 절뚝절뚝 오시는가?"

이렇듯 울고 있을 적에 흥보가 울면서 비틀거리고 들어오니 흥보 마누라 달려들어,

"여보, 영감. 매 맞았소? 매 맞았거든 맞은 곳 좀 봅시다."

"놔둬, 마누라야! 그 방정을 떨었으니 재수가 있어? 내가 매를 맞았으면 인사불성人事不省*이여!"

* 인사불성 자기 몸에 벌어지는 일을 모를 만큼 정신을 잃은 상태

"아이고, 정말로 안 맞으셨소?"

"아, 글쎄 안 맞었당개."

홍보 마누라 좋아라 춤을 추며 노는데,

"얼씨구나 절씨고. 절씨고나 절씨고. 영감이 엊그저께 병영 길을 떠나신 후, 매를 맞지 말고 무사히 다녀오시라고 밤낮으로 빌었더니 매 아니 맞고 돌아오시니 어찌 아니 즐거운가. 얼씨고나 좋을시고. 옷을 헐벗어도 나는 좋고, 굶어 죽어도 나는 좋네. 얼씨구나 절씨구나. 지화자 좋을시고."

이놈아!
네놈 주자고 개 굶기랴

"여보, 영감. 이제는 허망한 말 듣지 말고, 건넛마을 시숙*님 댁에 건너가서 쌀이 되거나 벼가 되거나 뭐가 되었든 얻어다가 이 자식들을 구원합시다."

"글쎄, 나도 그런 생각은 있었으나 만일 건너갔다가 형님 어려운 그 성정에 매나 맞고 오면, 남의 말 잘하는 이 세상에 형님이 덕을 잃게 될 테니 그 일을 어찌할 일이오?"

"여보, 영감. 빌어 보고 아니 주면 돌아오면 그만이오. 많든 적든 사정 듣고 주시오면 한때 주림은 면할 테니, 헛일 삼아서 한번 가 보시오."

"그러면 그래 볼까."

흥보가 건너간다. 흥보가 건너갈 제, 꼭 얻어 올 줄 알고 큼직한

---

* 시숙   남편의 형님, 즉 시아주버니

주머니를 평양 가는 사람 모양으로 등에다 짊어지고, 서리 아침 추운 날 팔짱 끼고 옆 걸음 쳐 놀보 사랑방 건너간다.

이러고 가다가 마당쇠를 만났구나.

"아이고, 작은 서방님. 그동안 아씨 도련님들 다 무고하신지요."

"오냐. 마당쇠야, 잘 있더냐? 그동안 큰 서방님 문안 안녕하시며, 성정은 좀 어떠시냐?"

"아이고, 말도 마십시오. 작은 서방님 쫓아낸 후로는 더욱 바싹 약아져서, 제사도 돈으로 바친답니다."

"아니, 이놈아! 제사를 어떻게 돈으로 바친단 말이냐?"

"글쎄, 들어 보십시오. 제삿날이면 접시에다 엽전을 한 주먹씩 가득가득히 담아 놓고, 술이라, 과실이라, 어포, 육포, 인절미라, 어전, 육전, 편적, 산적, 생선이라, 오색탕이라, 채소라, 수정과라, 말끔히 표를 붙여 어동육서魚東肉西, 홍동백서紅東白西, 동두서미東頭西尾, 내탕외과內湯外果, 좌포우혜左脯右醯,* 향불 피우고 두 번 절하고 제사 끝나는 날이면 쫙 닦아버리고, 궤 속에다 도로 담아 넣습니다. 만일 들어가셨다가는 몽둥이찜질 당하실 테니, 그냥 돌아가시지요."

"그렇지만 여기까지 왔다 어떻게 형님을 안 뵙고 갈 수가 있느

---

* 어동육서~좌포우혜　제사상 차리는 법을 나열한 것이다. 생선과 붉은 과일은 동쪽, 육류와 흰 과일은 서쪽에 놓는다. 생선의 경우 머리는 동쪽, 꼬리는 서쪽으로 가게 한다. 탕은 안쪽, 과일은 바깥쪽에 놓으며 포는 왼쪽, 식혜는 오른쪽에 놓는다.

냐?"

사랑에 들어가, 저의 형이건마는 대청에는 올라가지 못하고 뜰 밑에 엎어져,

"아이고, 형님. 동생 흥보 문안이오."

놀보가 비스듬히 누웠다가,

"게 뉘시오?"

흥보는 진정 몰라 그러는 줄 알고,

"아이고, 형님. 갑술년에 형님 슬하를 떠난 동생 흥보올시다, 형님."

"오, 네가 바로 그 흥보냐? 너 이 도적놈. 어째서 또 왔느냐?"

"형님 안녕하신지 문안이나 알고자 왔사옵니다."

"야, 그놈 핑계 한번 좋다. 나 편한 속 알았으면 썩 물러가거라."

그 말끝에 썩 나왔으면 하련마는 엔간한 제 말솜씨에 놀보 감동시킬 줄로, 고픈 배 틀어잡고 눈물을 흘리며 애걸을 하는데.

흥보가 비는구나. 두 손 합장 무릎을 꿇고,

"비나이다, 비나이다. 형님께 비나이다. 그저께 저녁을 굶은 처자 어제 아침도 못 먹었고, 어제 저녁도 굶은 처자 오늘 아침도 못 먹었으니, 만석꾼 형님 두고 굶어 죽기가 억울하오. 쌀이 되거든 한 말만 주옵시고, 벼가 되거든 두 말만 주옵시고, 돈이 되거든 한 냥만 주옵시고, 그도 정 못하시면 식은 밥이나 부스러진 쌀이나 술지게미나 가는 겨나 한 가지만 주시어도, 여러 날 굶은 처자들

을 구해 살리겄내다. 형님 덕택에 살려를 주오.”

놀보 듣더니마는,

“야, 그놈 참 불쌍하다. 여봐라, 마당쇠야! 동편 곳간 문 열고, 지리산에서 댕강 처내 온 박달 몽둥이 이리 하나 가져오고, 대문 걸어라. 오늘 한 놈 죽일 놈 있다.”

놀보 놈 거동 보아라. 지리산 몽둥이를 눈 위에 번뜻 들고, 두 눈을 부릅뜨고,

“어따, 이놈. 흥보 놈아! 하늘이 사람 낼 제 제각기 타고난 복 있어, 잘난 놈은 부자 되고 못난 놈은 가난하니, 내 이리 잘사는 게 하늘이 주신 내 복이지 네 복을 뺏었느냐? 쌀 몇 말 주자 한들 남대청 큰 뒤주에 가득가득 들었으니 네놈 주자고 뒤주 헐며, 벼 몇 말 주자 한들 곳간에 노적가리* 태산같이 쌓였으니 네놈 주자고 노적 헐며, 돈 몇 냥 주자 한들 옥당방* 용목궤에 가득가득 들었으니 네놈 주자고 뭉칫돈 헐며, 지게미나 가는 겨 두 개 중에 주자 한들 뒤쪽 방 우리 안에 떼돼지가 들었으니 네놈 주자고 돼지 굶기며, 식은 밥이나 주자 한들 새끼 난 암캐들이 컹컹 짖고 내달으니 네놈 주자고 개 굶기랴?”

몽둥이를 들어 메더니 강짜 싸움*에 계집 치듯, 좁은 골짜기에

* 노적가리   수북이 쌓은 곡식 무더기
* 옥당방   화려하게 꾸민 방

34

벼락 치듯, 후다딱 뚝딱!

"아이고!"

"이 급살 맞아 죽을 놈아! 어째서 나를 못살게 왔쌌냐?"

후다딱!

"아이고!"

홍보가 도망을 하자 한들 대문을 걸었으니 날도 뛰도 못하고 그저 퍽퍽 맞더니마는, 중문을 차고 안으로 쫓겨 들어가며,

"아이고, 형수씨! 사람 좀 살려 주시오."

놀보 마누라는 독하기가 놀보보다 훨씬 더하겄다. 밥을 푸다 밥 푸던 주걱을 들고나오며,

"아지뱀*이고, 동아뱀이고, 한 달도 서른 날, 돈 달라, 쌀 달라, 전곡錢穀을 갖다 맡겼던가? 아나, 밥! 아나, 돈!"

뺨을 짐짝 치듯 치는구나. 홍보가 뺨을 맞고 나니 형님한테 맞은 것은 오히려 가벼운지라.

곰곰 생각을 하니 하늘이 빙빙 돌고 땅이 툭 꺼지는 듯, 분하고 원통해 우루루루루루 형님 앞에 가 엎드러져서 통곡으로 하소연하는데,

"아이고, 형님 들어 주시오. 형님이 저를 죽이시든지 살리시든

---

* 강짜 싸움　시기, 질투로 인한 싸움
* 아지뱀　아주버니를 뱀에 비유해 비꼰 것이다.

지 그는 한이 없사오나, 형수씨가 시아주버니 뺨 치는 법 고금천지 어디서 보았소? 차라리 아주 죽여 주면, 염라국을 찾아가서 부모님을 뵈옵는 날 갖가지 사정을 내가 아뢸라요. 지리산 호랑아, 박흥보 물어 가거라. 굶주리기도 나는 싫고, 세상 살기도 귀찮다."

흥보는 이렇듯 저의 형에게 매를 맞고 울며불며 건너오는데, 그때 흥보 처는 영감 오는가 본다고 막둥이 업고 나갔다가 영감이 비틀거리고 들어오거늘,

"아이고, 여보, 영감. 어찌 이리 오래 걸렸소. 그래 영감, 돈이나 곡식이나 무엇이든 간에 아무것도 못 얻어 왔소?"

흥보가 아무쪼록 마누라 듣기 좋게 하는 말이,

"여보 마누라. 들어 보오. 내가 형님 댁에를 들어가 문안을 하였더니 형님이 깜짝 반기시고 또한 눈물 흘리시면서, 내가 술잔 먹은 김에 동생을 좀 나무랐기로 처자를 데리고 나간 이후 무소식이니, 그런 법이 있느냐고 단단히 꾸중을 하십디다. 형수씨도 반기시며 제게 안부 물은 후에, 어느 겨를에 닭을 잡아 점심을 가져오니 형님이 말씀하시기를 '우리 형제 한 상에서 밥 먹은 때 언제인가. 어서 먹자' 하시는데, 반찬이 하도 좋아 어찌나 많이 먹었던지 일어날 수가 없습디다.

그래 내가 건너온다 하니, 하인들이 들에 나가고 없다고 걱정을 하시면서 쌀 닷 말, 돈 서른 냥을 형수 시켜 주시기에 쌀 속에 돈을 넣어 몽똥그려 짊어지고 허둥지둥 건너오는데, 아 요 요 너

머에 진못뚝이 고개를 막 당도헌개 십여 명 도적놈들이 나서더니 '네 이놈, 흥보야! 이놈! 돈과 양식이 크냐? 목숨이 크냐?' 호령을 하되 뺨 한주먹에 대번 쥐가 일어나고 정신 차릴 길이 없습디다. 그래서 죄다 뺏기고 이렇게 죽게 맞고 왔소.”

흥보 아내 이 말 듣고 자세히 살펴보니, 쑥 들어간 두 눈가에 눈물이 그렁그렁. 간신히 살 가린 홑바지 뒤쪽 툭 무너져, 바싹 마른 볼기짝에 몽둥이 맞은 흔적, 피가 곧 솟는지라.

흥보 마누라 미친 듯이 두 손뼉 땅땅!

“허허, 이것이 웬 말인가? 그런대도 내가 알고, 저런대도 내가 아오. 시숙님 속도 알고 동서 속도 내가 아오. 동냥은 못 줄망정 바가지조차 깬다드니, 여러 날 굶은 동생 안 주면 그만이지 이 모양이 웬일인가? 무례하고 건방진 도척盜跖*이도 이보다는 성현이요, 춘추 때 양주楊朱*라도 여기 대면 군자로세. 세상천지간에 이런 일이 또 있는가? 가기 싫어허시는 걸 방정맞게 굳이 가라고 우기었다 이 지경을 당하였네. 나라가 어려우면 어진 재상 생각이고 집안이 가난하면 어진 아내 생각이라. 내 얼마나 얌전허면 불쌍한 우리 가장 못 먹이고 못 입힐까. 가장은 처복 없어 내 죄로 굶거니와, 철모르는 자식 형편 목이 메어 못 보겠네. 차라리 내가 죽어 이

---

* 도척 중국 춘추 시대 노나라 사람 유척. 무리를 이끌고 온 나라를 돌아다니며 살인과 도둑질을 저질러 이름에 '도' 자를 붙여 불렀다.
* 양주 극단적인 개인주의를 주장한 중국 전국 시대 사상가

꼴 저 꼴 안 볼라네!"

허리띠를 끌러 내어 목을 매려 작정하니 흥보가 기가 막혀 마누라 손을 잡고,

"아이고, 마누라! 이것이 웬일이오? 부인의 평생 신세 가장에게 매였는데, 복 없는 나를 만나 이 고생을 당케 하니, 내가 먼저 죽을라네."

허리띠를 끌어내어 서까래에 목을 매니 흥보 아내 깜짝 놀라 우루루루루루루 달려들어 흥보를 부여잡고,

"아이고, 영감! 내 다시는 안 울 테니 이리 마오."

손목을 마주 잡고 둘이 서로 통곡하니, 초상난 집이 되었구나.

서로 붙들고 우는 통에 자식들까지 따라 울어 놓으니 그야말로 흥보 집안이 뭇초상난 집안이 되었겠다. 그때 마침 흥보를 살릴 중이 하나 내려오는데.

중 내려온다. 중 하나 내려오는데, 저 중의 모양을 보소. 낡고 낡은 중, 서리 같은 두 눈썹은 온 낯을 덮었고, 크나큰 두 귓불은 어깨에 닿을 듯, 누덕누덕 지은 장삼에 실 허리띠 띠고, 다 떨어진 송낙* 이리저리 꿰매 흠뻑 눌러쓰고, 동냥을 얻으면 무엇에다 받아 갈지 나무 그릇 바랑* 하나도 안 가지고, 개미 하나 안 밟히게

* 송낙 소나무겨우살이를 엮어 만든 모자
* 바랑 승려가 등에 지고 다니는 자루 모양의 큰 주머니

40

가만가만 가려 딛고 염불하며 내려온다.

"나무아미타불 관세음보살."

흥보 문 앞 당도하니 처량한 울음소리가 귀에 언뜻 들린다.

저 중이 목탁을 치며,

"지나가는 걸승으로 어진 댁을 왔사오니, 동냥 한 줌 주옵시오."

흥보가 나가 보니 중이 왔거늘,

"대사님이 오셨으나 제 집을 둘러보오. 아무것도 가진 것이 없소. 후일에 많이 시주할 터이니 오늘은 다른 댁이나 가옵소서."

"소승이 걸승이오나 댁 문 앞을 들어선즉 울음소리가 낭자하니, 어쩐 곡절로 우시나이까?"

"대사님이 들으셨다니 어찌 속이리까. 자식들은 많고 집안은 가난하여, 배들이 고파 우리 내외 서로 죽음을 다투어 우는 길이오."

"불쌍한 말씀이오. 복이라 하는 것은 임자가 없는 법이오. 아는 것 없는 소승의 말을 듣고 명심하실 테면 집터 하나를 잡아드리오리니 소승의 뒤를 따르소서."

"너무 감사하여이다."

흥보가 좋아라고 중의 뒤를 따라가는데 저 중이 가다가 우뚝 서더니마는,

"이 명당을 아시오? 뒤에 산이 있고 앞에 물이 있고, 나무가 우거지고 대나무 자라는 곳에 집터를 잡는데 명당이 분명하오. 반달

모양 산, 일자 모양 산, 문장가 난다는 산, 부자 난다는 산 좌우로 높았으니 이 터에다 집을 짓고 가난해도 편안한 마음으로 지내오면, 가세가 일어나 도주와 의돈 같은 큰 부자에 비길 테요, 자손이 뻗어 나가 삼대 동안 진사 나고 오대 동안 급제하고 써도 다함이 없고 취해도 다함이 없어 부족할 것이 없으리다."

기둥 세울 자리에 표시하는 나무를 꽂아 두고, 한두 걸음 나가더니만 바로 사라져 간 곳이 없구나.

그제야 흥보가 도승인 줄 짐작하고 공중을 향해 무수히 사례한 후, 있던 움막을 뜯어다가 수숫대 겨릅대*로 그 터에다 새로 집을 지어 놓았다. 집 모양은 별수 없으나 그 터에 집 지은 후로 첫째, 집안에 걱정이 없어지고 부자들이 소작이라도 논마지기씩 농사 짓게 해 주어 차차 살기가 좀 나아지니, 흥보가 신통해서 집터 글자를 붙여 보던 것이었다.

"겨울 동冬 자, 갈 거去 자, 삼월 삼일 올 래來 자, 봄 춘春 자 좋을시고, 나비 접蝶 자, 펄펄 날어 춤출 무舞 자가 좋을시고, 꾀꼬리는 노래하니 노래 가歌 자가 즐겁다. 기는 건 짐승 수獸 자, 나는 건 새 금禽 자, 쌍쌍이 날아가고 날아오고 제비 연燕 자, 날 비飛 자 좋을시고. 얼씨구나, 되었네. 이 터가 내 명당이로다. 얼씨고나, 좋을시고!"

* 겨릅대 껍질을 벗긴 마麻의 줄기

가난 박대 안 하기는
보잘것없는 제비뿐

세월을 그렇게 보낼 적에, 그해 겨울을 다 지나고 봄철이 다다르니 제비 한 쌍이 날아들어 처마 안에 집을 짓고, 알을 낳아 새끼 쳐 밥 물어다 먹이며 어미와 새끼가 구구구구 즐기더니, 뜻밖에 큰 구렁이가 들어와서 제비를 다 잡어먹는지라.

흥보가 보더니 깜짝 놀래 쫓는구나.

"허무하다, 저 구렁아. 네 먹을 것 많구나. 풀이 푸른 연못에는 곳곳에 개구리요, 봄잠 깨지 못한 새들이 곳곳에 있네. 수많은 것 다 버리고 구태여 내 집에 와서 제비 새끼 먹는단 말이냐. 한나라 고조가 차던 칼로 네 허리를 베고 지고. 남악에 하소연해 신의 병사를 몰아다가 너의 큰 목을 자르고저."

급급히 쫓고 보니 새끼 때문에 못 떠나고 어미 제비도 죽었으며, 여섯 새끼 다섯 먹고 겨우 하나가 남았구나. 다만 하나 남은 것이 날기 공부 힘쓰다가 대나무 평상에 뚝 떨어져 발목 지끈 부러져서 피 흘리고 발발 떠니, 흥보 부부 어진 마음 제비 새끼 주워 들고 한없이 탄식한다.

"제비 새끼 안 죽기에 모질게 사는 목숨인 줄 알았더니 이 지경이 웬일이냐? 내 집이 가난하여 사람은 아니 찾아오나 너는 매 때마다 찾아오니, 가난 박대 안 하기는 아무리 보잘것없으나 제비 너희뿐이로다. 좋은 집을 다 버리고, 궁벽 산촌 박흥보 집 험한 곳에 와 생겼다가 다리 부러지는 재앙이 웬일이냐?"

명태 껍질과 명주실을 얻어다가 부러진 다리를 칭칭 동여 제 집에 넣어 주며,

"제비야, 죽지 말고 멀고 먼 만 리 강남 부디 쉬 잘 가거라."

흥보 은혜를 갚을 제비이니 죽을 리가 있으리오. 십여 일을 지내더니 다리가 나아 날기 공부 힘을 쓸 제.

구만 리 먼 하늘 위에 높이높이 날아도 보고 크고 긴 강물에 배를 쓱 씻쳐도 보고, 평탄한 너른 들에 아장아장 걸어도 보고, 길게 매인 빨랫줄에 한들한들 놀아도 보고, 가는 비에 흠뻑 젖은 두 날개 실근실근 깃도 다듬어 보니, 흥보가 보고 좋아라고 나갔다 들어오면 제비 집을 만져 보고 집안에 들어 있을 때는 제비하고 시간을 보낼 제, 칠월 팔월 이슬이 서리 되고 가을바람 삽삽하여 구월 구일이 당도하니, 방에 귀뚜라미 울어 깊은 근심 자아내고, 먼 하늘 기러기 소리는 먼 데 소식 띄워 온다. 용산龍山에 술 마시고 망향대에 손님 보낼 적,

"섭섭타, 내 제비야! 날 버리고 가려느냐. 강남이 멀다는디 며칠이면 당도헐거나. 다음 봄에 나오거든 부디 내 집을 찾아오너라."

제비 저도 섭섭해서, 나갔다 도로 와서 이별을 아끼는 듯 지지주지 울고 노는 양은 흥보보고 사례하는 듯. 흥보는 원래 설움이 많은 사람이라 제비하고 이별을 하면서도 슬픈 눈물로 이별을 맞았더라.

제비가 강남을 들어가니, 강남의 두견새는 새 중에 황제라 온갖 새들의 점고*를 받던 것이었다.

"초산에 나갔던 분홍 제비!"

"나옵니다!"

"노나라 들어갔던 초록 제비!"

"나옵니다!"

"중원에 나갔던 명매기!"

"나옵니다!"

"조선에 갔던 제비!"

조선에 왔던 제비 차례로 들어갈 제.

흥보 제비가 들어온다. 박흥보 제비가 들오는데, 부러진 다리

---

* 점고   명부에 일일이 점을 찍어 가며 수를 조사하는 일

가 봉퉁이* 져서 절뚝 절뚝 절뚝거리고 들어오며,

"예!"

제비 황제 호령하되,

"너는 왜 다리가 봉퉁이 졌느냐?"

흥보 제비 여짜오되,

"예, 소인 아뢰리다. 소인 어미 조선 땅의 박흥보 집을 주인 삼고 저희들 오륙 마리 까서 거의 날게 되었더니, 뜻밖에 구렁이가 어미까지 모두 다 잡아먹고 다만 저 하나 남은 것이 날기 공부 힘쓰다가 평상에 뚝 떨어져, 대번에 다리가 잘깍 부러져 거의 죽게 되었더니, 어진 흥보 덕택으로 소인 하나 살았으니 어찌하면 은혜를 갚사오리까? 깊이 통촉하옵시와 흥보 씨 은혜를 갚고 싶습니다."

"어명을 어기면 그런 변을 당하느니라. 올해 이월 나갈 적에, 그날이 뱀날이라 먼 길을 가지 말라 하여도, 너의 어미 고집으로 나가더니 뱀날 떠났기로 뱀에게 재난을 당했구나. 그러나 흥보 씨는 오늘날의 군자로다. 흥보 씨 은혜를 갚으려거든 다음 봄에 나갈 적에 보은포報恩匏* 하나만 갖다 전하라."

겨울을 다 지내고 삼월 삼일이 가까워 오니 각종 짐승들이 때

---

*   봉퉁이   부러진 곳의 상처가 나으면서 살이 고르지 않게 붙어 도톰해진 것
*   보은포   은혜에 보답하는 박

를 찾아 길을 떠날 제, 다리 봉퉁이 흥보 제비도 황제 앞에 절하니 보은포 하나를 하사하시거늘, 저 제비 입에 물고 만 리 조선을 찾아 나오는데.

검은 구름 박차고 흰 구름 무릅쓰고, 공중에 둥실 높이 떠 두루 사면을 살펴보니 서촉 가깝고 동해 아득하구나. 축융봉을 올라가니 주작이 넘논다. 황우탄, 오작교를 바라보니 오나라와 초나라 가는 배는 북을 둥둥 울리며, 어기야차 으어으으으어 어으으어 으이야 어기야 히야 저어 가니 포구로 돌아오는 고깃배가 이 아니냐. 날아오는 저 기러기 갈대를 입에다 물고, 점점이 떨어지니 평평한 모래밭에 내려앉는 모습 아름답구나. 갈매기와 백로 짝을 지어 푸른 물결 위에 왕래하니 저물 무렵의 하늘이로다.

회안봉을 넘어 아황과 여영 모신 사당 들어가, 아황과 여영의 넋이 비파를 타는 밤 얼룩무늬 대나무 가지에 쉬어 앉아 두견새 우는 소리에 화답하고, 봉황대를 올라가니 봉황은 날아가고 누대는 비었는데 아래로 강물만 흐른다. 황학루를 올라가니 황학은 한 번 가서 돌아오지 않고, 흰 구름만 천 년을 유유히 흐르네.

금릉을 지나 술집 있는 마을 들어가니 홀로 자는 창밖에 복숭아꽃 오얏꽃 피어 봄기운을 더하는구나. 떨어지는 매화를 툭 차 춤추는 자리에 떨어뜨리고, 이수를 건너 종남산 지나 계명산 올라가니 장자방張子房* 간곳없고, 남병산에 올라가니 칠성단七星壇* 빌던 터요, 연나라와 제나라 사이 갈석산을 넘어, 연경을 들어가

황극전皇極殿[*]에 올라앉아 집이 가득한 장안을 구경하고, 남쪽 문 내달아 상달문 지나 동관을 들어가니 보살과 미륵이 많도다.

요동 칠백 리를 순식간에 지나서, 압록강을 건너 의주에 다다라 영고탑 통군정 구경하고, 안남산 밖남산 석벽강 용천강 좌우령 넘어 들어, 파발로 부산한 환마고개 강동다리를 건너, 평양의 연광정 부벽루를 구경하고, 대동강 장림을 지나, 송도를 들어가 만월대 관덕정 선죽교 박연폭포 구경하고, 임진강을 빨리 건너 삼각산에 올라앉아 땅의 형세를 살펴보니, 큰 산줄기 대원맥이 중간 마루로 흘러내려 금화산 금성산 나뉘고 도봉산 망월대 솟았구나. 문물이 빛나고 풍속이 즐거워 오랜 세월 견고한 성인지라. 경상도는 함양이요, 전라도는 운봉이라. 운봉 함양 맞닿는 데 흥보가 사는지라.

저 제비 거동을 보소. 박씨를 입에다 물고 남대문 밖 썩 내달아, 칠패 팔패 청파 배다리 애고개를 얼른 넘어, 동작강을 건너, 절을 지나, 남태령 고개 넘어 두 쪽지 옆에 끼고 하늘에 둥둥 떠서 흥보 문 앞에 당도한다. 집 처마 위아래로 날아가고 날아오며 가볍게 노는 거동 무엇을 같다고 이르랴. 북해 흑룡이 여의주 물고 아

* 장자방   중국 한나라 고조 유방의 책사 장량. 후에 신선이 되었다고 전해진다.
* 칠성단   북두칠성을 모시는 제단. 제갈공명이 동남풍을 일으키는 기도를 하기 위해 남병산에 쌓았다.
* 황극전   중국 명나라 때 황제가 정치를 돌보던 자리

름다운 구름 사이 넘노는 듯, 단산 봉황이 대나무 열매 물고 오동 속으로 넘노는 듯, 깊은 골짜기 푸른 학이 난초를 물고 소나무 잣나무 위에서 넘노는 듯. 안으로 펄펄 날아들 제, 들보 위에 올라앉아 제비 말로 지저귄다. 지지지지知之知之 주지주지主知主知 거지연지去之年之 우지배又之拜요, 낙지각지落之脚之 절지연지折之燕之 은지덕지恩之德之 수지차酬之次로, 함지포지含之匏之 내지배來之拜요.* 빼드드드드드드.

홍보가 듣고 이상히 여겨 가만히 살펴보니 뼈가 부러진 두 다리가 뚜렷하다.

"오색 명주실로 감은 흔적 아리롱 아리롱 하니, 어찌 아니 내 제비랴. 반갑다, 내 제비. 어디를 갔다가 이제 와? 어디를 갔다가 이제 오느냐? 얼씨구나, 내 제비. 강남은 아름답고 새뜻하다는데 어찌하여 다 버리고, 누추한 이내 집에 허위허위 찾아오느냐? 인심은 교만하고 사치하여 한번 가면 잊건마는, 너는 어이 신의信義 있어 옛 주인을 찾아오느냐? 강남으로 널 보내고 남쪽 소식 청산 두견새에게 물어보고자 하나 소식 없어 막연하더니, 네가 나를 찾아오니 자연의 이치 반갑다."

저 제비 거동을 보소. 보은포 박씨를 홍부 부부 앉은 앞에 떼그

---

* 지지지지~ 내지배요 '아시는지요, 주인님. 떠나갔던 제비가 돌아왔습니다. 또 인사드립니다. 떨어져서 부러진 다리를 이어 주신 은덕을 갚으려고 박씨를 물고 왔습니다'라는 뜻이다.

르르르르 떨어뜨려 놓고, 들어갔다 나갔다 들어갔다 이리저리 넘논다.

홍보 부부 앉은 앞에 뚝 떨어뜨려 놓은 것을 홍보 마누라 얼른 주위 들고 보더니,

"아이구, 여보, 영감. 제비가 뭔 씨앗을 물고 왔는데, 글씨가 쓰여 있소."

홍보 보더니,

"으음? 갚을 보, 은혜 은, 박 포, 보은포라. 보은포, 보은포. 아, 이놈이 공주로, 노성으로, 은진으로 온 것이 아니라 보은으로, 옥천으로, 연산으로 저리 돌아온 놈이구나. 보은 대추 좋단 말은 들었어도, 박 좋다는 말은 처음인디? 그러나저러나 보은 박일는지, 강남 박일는지, 제가 이렇게 물고 온 것이 기특해서래도 우리 한번 심어 봅시다."

좋은 날을 가려 뒤뜰에 양지 찾아 구덩이를 깊이 파고, 거름 직접 닿지 않게 헌 짚신짝 놓고, 거름 놓고, 박씨를 또닥또닥 단단히 심었구나. 수일 만에 살펴보니 순이 벌써 솟았는데, 넝쿨이 굵직굵직 큰 고기잡이배 닻줄만큼 곧게 뻗어 초막집을 꽉꽉 얽어 놓았으니 천둥 지진 있다 해도 집이 짜그라질 리 없고, 잎사귀가 삿갓만큼씩 홍보 집을 덮었으니 구 년 홍수 진다 해도 비 한 점 샐 수 없이 되어, 동리 사람도 다 모르게 홍보가 벌써부터 은근히 박씨 덕을 보는구나.

그 때는 어느 땐고 팔월 추석 좋은 때라. 다른 집에서는 술을 거른다, 떡을 친다, 지지고 볶느라고 피 피– 이놈의 냄새가 코끝을 무너뜨리는데 흥보 집은 냉랭해 바람이 들이부는지라. 자식들은 밥을 달라, 떡을 달라. 흥보는 가슴이 미어질 듯, 마음 달랠 길 없어 어디론지 나가버리고 흥보 마누라는 졸고 앉았다가 설움이 복받쳐 신세 탄식 울음을 우는데, 이것이 가난타령이 되었겄다.

"가난이야, 가난이야. 원수 놈의 가난이야. 복이라 하는 것은 어이하면 잘 타는고. 북두칠성님이 복 마련을 하시는가. 삼신제왕님이 나게 할 제 명과 복을 점지하느냐. 어떤 사람 팔자 좋아 부귀영화로 잘 사는데 이년의 팔자는 어이하여 이 지경이 웬일이냐. 몹쓸 년의 팔자로다."

이렇듯 울고 있을 적에 흥보 열일곱째 아들놈이 유혈이 낭자해 울고 들어오며,

"어머니! 나 송편 세 개만 해 주시오."

"아니, 이놈아. 어째서 하필 떡을 세 개만 해 달라고 그러느냐?"

"동리로 놀러 갔다가 애들이 송편을 먹기에 내가 좀 달랬더니, 가랑이 속으로 기어 나오면 송편을 주마기에, 송편 얻어먹을 욕심으로 엎어져 기어 나갈 적에 뒤엣놈 떨어져 앞에 와 서고, 그 뒤엣놈 떨어져 앞에 와 서고, 담담 놈 떨어져 앞에 와 서서, 한정없이 기어가자 하니 무릎이 모두 해지고 유혈이 낭자하기로 내가 욕설을 좀 했더니, 송편일랑 고사하고 뺨만 죽게 때려 주니 송편 세 개

만 해 주면 한 개는 입에 물고, 두 개는 양손에 갈라 쥐고 조롱해 가면서 먹을라요."

홍보 마누라가 기가 막혀 목이 메어 하는 말이,

"내 자식아. 쯔쯔쯔쯔쯔. 무엇 하러 나갔더냐? 천하 몹쓸 애들이지. 못 먹이는 이 어미는 간장이 다 녹는데, 굶어 죽게 생긴 자식을 그리 몹시 하더란 말이냐. 울지 마라, 울지 마라, 불쌍한 내 새끼야, 울지를 마라."

이때 홍보는 친구 덕분에 술이 얼근히 취해 가지고 집안을 들어와 보니 자기 마누라가 울거늘,

"여보, 이게 웬일이오? 배고픈 게 한스러워 이렇듯 울음을 우니, 부인이 울어서 우리 집안 식구가 배가 부를 지경이면 식구대로 늘어앉아 한평생이라도 울어 보지마는, 아, 남 보기 챙피만 하고, 또 동네 사람들이 보면 어찌 흉볼 울음을 운단 말이오? 울지말고 우리는 박이 있으니 박이나 타서 박속은 끓여 먹고, 바가지는 부잣집에 팔아다가 목숨 보전해 살아갑시다."

홍보 내외 박을 한 통 따다 놓고 톱 빌려다 박을 탈 제,

"시르렁 실건, 톱질이야. 어여루, 톱질이로고나. 몹쓸 놈의 팔자로구나. 원수 놈의 가난이로구나. 어떤 사람 팔자 좋아 영화롭고부귀헌데, 이놈의 팔자는 어이하여 박을 타서 먹고사느냐. 에여루, 당겨 주소. 이 박을 타거들랑 아무것도 나오지를 말고 밥 한 통만 나오너라. 평생에 밥이 한이로구나. 시르렁 시르렁 당겨 주소,

톱질이야. 으흐어어어 시르렁 실근, 당겨 주소, 톱질이야. 여보소, 마누라. 톱소리를 받아 주소.”

“톱소리를 내가 받자 해도 배가 고파서 못 받겠소.”

“배가 정 고프거든 허리띠를 졸라매고, 어여루, 당겨 주소. 시르르르르르르르 시르르르르르르르렁 시르렁 시르렁 실건 시르렁 실건 당기어라, 톱질이야. 큰 자식은 저리 가고, 작은 자식은 이리 오너라. 우리가 이 박을 타서 박속일랑 끓여 먹고, 바가지는 부잣집에 가 팔아다가 목숨 보전하여 볼거나. 에여루, 톱질이로고나. 실건 실건, 당기어라. 시르렁 실건, 톱질이야. 실근 실근 실근 실근 실근 실근 실근 실근 실근 실근 실근 실근 실건 뚝딱.”

떨어 붓고 나면 도로 수북,
떨어 붓고 나면 도로 가득

박을 딱 타 놓으니, 박속이 텅 비었거던. 흥보 기가 막혀,

"허, 복 없는 놈은 계란에도 뼈가 있다더니. 어떤 놈이 박속은 싹 긁어다 먹고, 아 여, 남의 조상 신주 모신 궤를 훔쳐다 넣어 놨구나, 여."

흥보 마누라 보더니,

"아이고, 영감. 궤 뚜껑 위에가 뭔 글씨가 쓰여 있소, 예."

흥보 보더니,

"음? '박흥보 씨 열어 보시오'라."

"아, 그러면 한번 열어 보시오."

"열어 보았다가 좋은 것이 들었으면 몰라도, 만일 궂은 것이 들었으면 어쩔 것인가?"

"영감, 우리가 시방 이 팔자보다 더 궂게야 되겠소? 그러니 그냥 한번 열어버리시오."

"그러면 열어 볼까?"

흥보가 한 궤를 가만히 열고 보니, 아, 쌀이 하나 수북이 들고, 또 한 궤를 딱 열고 보니, 거기는 그냥 돈이 하나 가득 들었는데, 궤 뚜껑 속에다가 '쌀은 평생을 두고 퍼내 먹어도 줄지 않는다' 썼으며, 또 돈궤에도 '이 돈은 평생을 두고 꺼내서 써도 줄지 않는다' 하거늘, 흥보가 좋아라고 궤 두 짝을 떨어 붓기 시작을 하는데.

흥보가 좋아라고, 흥보가 좋아라고, 궤 두 짝을 떨어 붓고 닫쳐 놨다 열고 보면 도로 하나 가득하고, 쌀과 돈을 떨어 붓고 닫쳐 놨다 열고 보면 도로 하나 가득하고, 툭툭 떨고 돌아섰다 돌아보면 도로 하나 가득하고, 떨어 붓고 나면 도로 수북, 떨어 붓고 나면 도로 가득.

"아이고, 좋아 죽겠다. 일 년 삼백육십 일을 그저 꾸역꾸역 나오느라!"

어찌 떨어 부어 놓았던지 돈이 일만 구만 냥이요, 쌀이 일만 구만 석이나 되던가 보더라.

"자, 우리가 쌀 본 김에 밥부터 좀 해 먹고 궤짝을 떨어 붓던지, 박을 타던지 해 봅시다. 우리 집 식구가 모두 몇이냐? 자식 놈들 스물아홉, 우리 내외 합쳐 서른한 명이로구나. 우리가 그렇게 굶주리다가 한 사람 앞에 한 섬씩 덜 먹겠냐? 쌀 서른한 섬만 밥을 지어라."

동네 가마솥 있는 집을 찾아다니며 밥을 고들고들한 밥 찌듯

쪄서 일꾼을 사다 져다 붓고, 붓고 한 것이, 밥 더미가 거짓말 좀 보태면 남산 더미만 하던 것이었다.

흥보가 밥 먹으라는 영을 내리는데,

"네 이놈들, 체할라. 조심해 먹으렷다. 자, 먹어라!"

해 놓으니, 이놈들이 우- 하더니 온 데 간 데가 없지.

"아이고, 이놈들 다 어디 갔느냐?"

흥보 내외 자식들을 찾느라고 야단이 났는데 조금 있다가 보니 이놈들이 모두 밥 속에서 튕겨져 나온다. 어찌 밥 속에서 나오는고 하니, 어떻게 밥에 환장이 되었던지 밥 속에 총 탄알 박히듯 콱 박혀 가지고, 벌레가 콧속 파먹듯 저 속에서 밥을 파먹고 나오던 것이었다. 흥보는 자식들같이 그렇게 배운 데 없이 밥을 먹을 수가 없어, 밥보고 인사를 하는데 성난 말부터 나오는 것이었다.

"밥님, 너 참 본 지 오래다. 네 소행을 생각하면은 대면도 하기 싫지마는, 그래도 그럴 수가 없어 대면은 하거니와, 원 세상에 사람을 그렇게 괄시한단 말이냐? 섭섭타, 섭섭혀!

세상인심 간사하여 권세를 따른다 한들 너같이 심할쏘냐! 세돗집 부잣집만 기어코 찾아가서 먹다 먹다 못다 먹으면 돼야지, 개를 주고, 떼거위 학두루미와 심지어 오리 떼를 모두 다 먹이고도 많이 남아 쉬네 썩네 하지 않더냐? 나와 무슨 원수로서 사흘 나흘 예사 굶겨, 뱃가죽이 등에 붙고 갈빗대가 따로 나서 두 눈이 캄캄하고 두 귀가 멍멍하여, 누웠다 일어나면 정신이 아찔아찔, 앉았다 일어서면 두 다리가 벌렁벌렁, 말라 죽게 되었으되 찾는 일 전혀 없고, 냄새도 안 맡이니 그럴 수가 있단 말이냐? 에라, 이 괘씸한 놈, 그런 법이 없느니라!"

한참 이리 꾸짖더니 도로 슬쩍 달래는데,

"히히히, 그것참. 내가 이리했다 해서 노여워 아니 오려느냐? 어여뻐 한 말이지, 미워 한 말 아니로다. 친구는 늦게 사귀건 빨리 사귀건 정이 두터우냐 얇으냐에 매였으니, 서로 만나 보는 것이 어찌 이렇게 늦었는가. 떨어져 살지 말자. 애개개, 내 밥이야. 옥을 준들 널 바꾸며 금을 준들 널 바꿀쏘냐. 애개개, 내 밥이야, 제발 다정히 살자!"

새 정이 붙게 하느라 이런 야단이 없었구나.

이렇듯 한참 성내는 말을 하더니마는 흥보가 밥을 먹는데, 흥보 집에 숟가락은 본래 없거니와 하도 좋아서 밥을 뭉쳐 공중에다 던져 놓고 죽방울 받듯 입으로 딱 받아 먹는데, 입으로 받아만 놓으면 턱도 별로 놀릴 것 없이, 어깨 주춤, 눈만 끔쩍하면 목구녕으로 그냥 바로 넘어가는 것이었다.

흥보가 좋아라고, 흥보가 좋아라고, 밥을 먹는다. 밥을 뭉쳐 공중에다 던져 놓고 받아 먹고, 밥을 뭉쳐 공중에다 던져 놓고 받아 먹고, 던져 놓고 받아 먹고, 던져 놓고 받아 먹고, 던져 놓고 받아 먹고, 던져 놓고 받아 먹고. 배가 점점 불러지니 손이 차차 늘어진다. 던져 놓고 받아 먹고, 던져 놓고 받아 먹고, 던져 놓고 받아 먹

고, 던져 놓고 받아 먹고, 던져 놓고 받아 먹고, 던져 놓고 받아 먹고. 흥보가 밥을 먹다 죽는구나. 어찌 먹었던지 눈두덕이 푹 꺼지고, 코가 삐쭉하고, 아래턱이 축 늘어지고, 배꼽이 요강 꼭지 나오듯 쑥 솟아 나오고, 고개가 뒤로 발딱 떨구어지며,

"아이고, 이제 하릴없이 나 죽는다. 배고픈 것보다 훨씬 더 못 살겠다. 아이고, 부자들은 배불러서 날마다 어떻게 사는고?"

흥보 마누라 기가 막혀,

"아이고, 이게 웬일이오! 언제는 우리가 굶어 죽게 생겼더니마는, 이제는 내가 밥에 치여 과부가 되네. 아이고, 이 자식들아, 너희 아버지 돌아가신다. 어서 와서 발상*들 하여라!"

이 대목에서 이리했다고 하나, 그랬을 리가 있으리오? 여러 날 굶은 속에 밥을 먹어서는 안 된다 하고 죽을 누글누글 묽게 쑤어 모두 한 그릇씩 먹고 나더니, 흥보도 생기가 돌아들어 돈 한 꿰미를 들고 노는데 이런 구경거리가 없던 것이었다.

흥보가 좋아라 돈을 들고 노는데,

"얼씨구나 절씨고, 절씨구나 절씨고. 돈 좋다, 돈 봐라. 돈 돈 돈 돈 좋다. 살았네, 살았네, 박흥보가 살았네. 이놈의 돈아! 아나, 돈아! 어디 갔다 이제 오느냐? 얼씨구나, 돈 봐라. 못난 사람도 잘난

---

* 발상 죽은 사람의 혼을 부른 후 상제가 머리를 풀고 슬피 울어 초상이 났음을 알리는 것

돈, 잘난 사람은 더 잘난 돈, 생살지권을 가진 돈, 부귀공명이 붙은 돈, 맹상군의 수레바퀴같이 둥글둥글 도는 돈. 돈 돈 돈 돈 돈돈돈 돈 봐라.

여봐라, 큰자식아. 건넛마을 건너가서 너희 큰아버님 모셔 오너라. 경사를 보아도 우리 형제 보자. 이런 경사가 또 있나. 엊그저께까지 박흥보가 문전걸식을 일삼더니, 오늘날 부자가 되어 석숭이를 부러워허며 도주공*을 부러워헐까? 불쌍하고 가련한 사람들 박흥보를 찾아오소! 나도 오늘부터 굶주린 사람들에게 곡식을 나누어 주려네. 얼씨구 절씨구나, 좋네. 얼씨구 좋을시고."

---

* 석숭, 도주공 석숭은 중국 진晉나라 때의 세도가, 도주공은 춘추 시대 월나라의 충신 범려다. 둘 다 큰 부자였다.

당기어라 톱질이야,
좋을시고 좋을시고

흥보 자식들이 춤을 추려 해도 춤을 몰라 놓으니, 이놈들이 절굿공이 뛰듯 함부로덤부로 뛰어댕기더니마는,

"아부지! 우리 춤 그만 추고 또 박 탑시다."

"그러자."

다시 시작해서 박을 타는데, 흥보가 이번에는 밥타령으로 앞소리를 메기던 것이었다.

또 한 통을 들여놓고,

"당기어라, 톱질이야. 좋을시고 좋을시고, 밥 먹으니 좋을시고. 수인씨가 음식 익혀 먹는 것을 가르쳤으니 날 위해 마련했나? 태평성대에 풍족히 먹고 즐기는 노인 나만큼이나 먹었던가. 어여루 당겨 주소. 만고의 영웅들도 밥 없으면 살 수 있나. 오자서 도망할 제 오시에서 걸식하고, 한신이 곤궁할 제 빨래하는 여인에게 얻어먹고, 진나라 문공 밭에서 밥 얻어먹고, 한나라 광무제는 장군에

게 보리밥 얻어먹고, 중한 것이 밥뿐이라. 실건 실건 톱질이야. 어여루 당기어라. 시르렁 실건 당겨 주소. 강 위에 둥둥 뜬 배 수천 석을 실었은들 내 박 한 통을 당할쏜가? 이 박을 타거들랑 은금보화만 나오너라. 이 박에서 나오는 보화는 우리 형님 갖다가 드릴란다. 시르렁 실건 시르렁 실건, 어여루 당겨 주소.”

흥보 마누라 이 말 듣고 톱소리도 아니 받고 그 자리 픽석 주저앉더니마는,

“무엇이 어쩌고 어째요? 나는 이 박 안 탈라요. 여보 영감, 형제간이라 다 잊었소? 동지섣달 추운 날에 구박당해 나오던 일을 관속에 들어도 나는 못 잊겠소. 난 이 박 안 탈라요. 나는 나는 안 탈라요.”

흥보가 화를 내어,

“타지 마라, 이 사람아! 타지 마라, 타지 말어. 너 아니라도 나 혼자 탈란다. 형제는 성나고 원망하는 마음 담아 두지 않는 것을 어이 그리 모르는가? 우리 형님은 아차 한번 돌아가시면 얼굴인들 다시 뵐 수가 있겠느냐? 타지 말어! 내 몰랐네, 내 몰랐어. 우리 마누라 속이 저리 답답한 줄 정녕 나는 몰랐었네. 아이고, 형님!”

흥보가 이렇듯 형을 부르면서 목을 놓고 울음을 우니 흥보 마누라 가만히 듣더니마는,

“영감, 영감 말씀을 듣고 보니 내가 잘못 생각했소. 내 다시는 안 그럴게, 어서 박 탑시다.”

마누라가 이렇듯 말을 하니 홍보가 속이 풀렸건마는, 짐짓 한 번 탁 지르는 말이,

"이제는 내가 안 탈라요. 마누라 혼자 타시오."

"아이고, 영감. 내가 죽을 때라 잘못했소. 어서 탑시다."

홍보가 마누라를 한참 보더니마는,

"허, 참. 이제야 잘못한 줄 알았구면. 잘못허구말고. 다시는 그런 복 못 받을 소리 하지 말고. 자, 그럼 어서 탑시다."

"시르렁 실건, 당기어라. 시르렁 실근, 톱질이야. 시르렁 실건, 시르렁 실건, 실근 실근 실근 실근 실건 식싹."

박을 탁 타 놓으니, 이번에는 박통 속에서 비단이 막 내달아 오는데 비단 이름이 각각 있던 것이었다.

멀리 해 뜨는 곳 번뜻 돋아 일광단, 악양루 고소대에 이태백의 시 같은 월광단, 서왕모 요지연*에 바치던 천도문, 천하 아홉 주 산천초목을 그려 내는 지도문, 쌓인 눈 세상 가득한데 장부 기상의 송백단, 태산에 오르니 천하가 작구나 공자님의 대단, 남양초당 경치 좋은 데 천하 영웅의 와룡단, 온 세상 분분 요란하니 천둥 치듯 영초단, 큰 방 골방 가로닫이 국화새김 완자문, 초당 앞 화단 위의 머루 다래 포도문, 봄날에 꽃 활짝 피고 벌 나비 나네 화초단, 꽃 수풀 곁가지에 얼크러진 넝쿨문, 통영 칠 자개 상에 안성 유기

---

* 요지연 서왕모가 사는 연못(요지)에서 벌이는 잔치

대접문, 태평성대에 배 두드리는 노인 노랫소리 배부르다고 함포단, 닭싸움하고 말달리는 호걸들은 살구꽃에 부는 봄바람에 장원주, 알뜰 사랑 정든 님이 나를 버리고 가져주, 두 손길 덥석 잡고 가지 마라 도리불수, 임 보내고 홀로 앉아 독수공방 상사단, 적막한 가을 달 공단이요, 깊은 산 깊은 골짜기 소나무 숲 사이 어허 무섭다 호피단, 쓰기 좋은 양태문, 인정 있는 은조사요, 부귀다남 복수단, 걸식 과객의 궁초단, 행실 부족의 꾀초단이요, 절개 있는 모초단, 서부렁섭적 세발랑릉, 노방주 청사홍사 통건이며, 백랑릉 홍랑릉* 월하사주 당포 윤포 세양포 수주 통의주 성천 분주, 경상도 황저포, 매매 흥정에 갑사로다. 해주 원주 공주 옥구 자주, 길주 명천 세마포, 강진 나주 극상세목이며, 해남포, 도리마, 장성 모시, 건산지, 한산 세모시, 생초 삼팔 갑주 고사 관사 청공단 홍공단 백공단 흑공단 송화색*까지, 그저 꾸역꾸역 나오는구나.

홍보 마누라가 송화색 비단 한 필을 얼른 들고 하는 말이,

"아이고, 그것 참 좋기도 하다."

홍보 듣더니,

"여보, 마누라. 마누라가 나 만난 이후로 한 번도 잘 입어 보지도 못하고 평생 의복 때문에 한이 되었으니, 이제는 무슨 비단이

---

* 세발랑릉~홍랑릉 여름 옷감으로 쓰는 얇은 비단들
* 송화색 소나무꽃의 색. 즉 노란색이다.

든지 마누라 마음대로 한번 해 입어 보시오. 마누라는 무슨 비단이 겉저고리감으로 제일 좋습디까?"

"나는 죽어도 노란 송화색 삼회장저고리가 제일 좋습니다."

"촌 마누라라 어쩔 수 없다. 그럼 송화색이 좋다 하니, 송화색으로 한번 해 입어 보오."

홍보 마누라가 차린다. 홍보 마누라가 차리는데, 의복을 지어 입고 차리자면 며칠이 될 줄을 모르겠으니 우선 말로만 차린다.

"나는 송화색으로 차린다면, 송화색 댕기에 송화색 저고리, 송화색 치마에 송화색 속곳, 송화색 바지에 송화색 고쟁이, 송화색 속속곳, 송화색 허리띠, 송화색 주머니, 송화색 노리개, 송화색 버선에 송화색 가죽신, 송화색으로 수건을 들면, 내 맵시가 어떻겠소?"

홍보 듣더니,

"그렇게 차려 놓으면 거참 볼만하겠소. 버드나무 속에 꾀꼬리 새끼 아니면, 노란 조밥 먹고 누어 놓은 똥 덩이 영락없겠소."

"아이고, 영감도 참. 그러면 당신은 뭘로 의복을 해 입으실라요?"

"나는 제비같이 한번 차려 볼까?"

"아니, 제비같이 차린다니요?"

"제비 은덕을 생각해서라도 제비같이 흑공단으로 새카맣게 한번 차릴 터이니, 내 맵시가 어떻겠는가 한번 들어 보오."

홍보가 망건에서부터 버선까지 흑공단으로 해 내는데, 말만 들어도 이런 가관이 없던 것이었다.

"흑공단 망건, 흑공단 갓끈, 흑공단 저고리, 흑공단 바지, 흑공단 버선에 흑공단 대님, 흑공단 행전*에 흑공단 토시, 흑공단 조끼에 흑공단 두루마기, 흑공단 도포에 흑공단 가죽신, 흑공단 부채를 손에 들면 내 맵시가 어떻겠소?"

홍보 마누라 듣더니,

"거참, 그렇게 차려 놓으면 당신은 우리나라 사람은 아니겠소."

"내 모양이 어떻게 되겠소?"

"까마귀 오烏 자, 오 첨지 아들 아니면, 영락없이 청나라 사람 모양이겠소."

"하하하하하, 그 말밖에 할 말 없을 게요. 여보 마누라, 우리 한 통 남은 것 마저 탑시다."

또 한 통을 타려 할 제 홍보 마누라 마음속으로 재미가 버쩍 나서,

"이 통 탈 박소리는 내가 지어 메길 테니, 영감은 뒷소리만 받으시오."

홍보 듣고 좋아라고,

"집안이 화목하면 모든 일이 잘 이루어진다고, 자네 저리 좋아

---

* 행전 바지를 입을 때 정강이에 감아 무릎 아래 매는 물건

헌게 참으로 좋은 그릇이 나오겄네. 어디 보세. 잘 메기소."

"실건 실건 당겨 주소. 어여루 톱질이야. 어화, 세상 사람들아, 이 내 한 말 들어 보소. 천지간 좋은 것이 부부밖에 또 있는가? 어여루 톱질이야. 우리 부부 만난 후에 설운 고생도 많이 했네. 여러 날 밥을 굶고 추운 겨울 옷이 없어, 신세를 생각하면 벌써 아니 죽게 될까? 어여루 톱질이야. 남편 하나 못 잊어서 오늘까지 살았더니 하늘의 신령이 감동하사 박 속에서 옷 밥 나와, 온갖 복 좋은 우리 부부 호의호식 즐겨 보세. 어여루 톱질이야."

초막집 간데없고
꿈속같이 신선 되니

실건 실건 실건 실근 실근, 박이 반만 벌어지니 뜻밖에 박통 속에서 미인 하나 나온다. 남녀 하인 백여 명을 좌우로 거느리고 교태 머금고 나오는데, 구름 같은 머리털 곱게 쪽을 짓고, 쌍룡 새긴 밀화 비녀 느긋이 찔렀으며, 매미 머리에 나비 눈썹, 가을철 잔잔한 물결 같은 눈동자 흑백이 분명하고, 연지 뺨 앵두 입술, 박속같이 고운 이, 어린 이삭 같은 두 손길에 수양버들같이 가는 허리, 얼굴과 옷 꾸미고 수놓은 비단옷, 오이씨 같은 발 맵시로 아장 아장 아장 아장 걸음마다 향기가 나는 양, 해당화 조는 듯, 모란화 말하는 듯, 옥을 깨듯 맑은 소리로 나직이 하는 말이,

"이 댁이 박흥보 씨 댁이오니까?"

흥보가 깜짝 놀라,

"나 이리될 줄 알었제. 당치 않은 세간살이* 그리 많이 나올 적에 무수히 의심했더니, 임자 아씨 오셨구나!"

납죽 엎드려 절을 하며,

"호, 좁은 박통 속에 평안히 오시니까? 이 세간 임자시면 어서 가져가옵소서! 내가 죄라고는 반찬도 없이 쌀 서른한 섬 밥 지어 먹고, 죽을 뻔하다 살아난 죄밖에 없소! 요만큼이라도 거짓이 있으면 내가 쇠자식*이오."

저 미인 대답하되,

"놀라지 마옵시고 내 말씀을 들으시오. 당나라 명황을 섬기던 양귀비라 하옵니다. 마외역* 죽은 혼이 천하에 떠돌며 임자를 구하다가, 흥보 씨 어진 일 제비 편에 듣사옵고, 부자의 첩이 되어 봄이면 봄 유람 다니고 밤이면 밤을 즐기는 기쁜 삶 누려 볼까 바라고 왔사오니, 버리지 마옵소서."

흥보가 저의 아내 검은 발톱 검은 다리 이것만 보던 터에, 이런 미인을 보아 놓으니 오죽이나 좋겠느냐. 손목을 덥석 쥐다 깜짝 놀라 탁 놓으며,

"어디 그것 다루겠느냐? 살이 아니라 우무뎅이*로구나."

서로 보며 음탕하게 노니, 그때에 흥보 아내 좋은 보물 나올 줄로 소리까지 메겼는데 금은보화 고사하고 못 볼 꼴을 보았구나.

---

* 세간살이 살림살이
* 쇠자식 소의 자식
* 마외역 중국 당나라 현종이 반란을 피해 도망가다가 양귀비를 죽인 곳
* 우무뎅이 우무 덩어리. '우무'는 우뭇가사리 등을 끓여 만든 말랑한 물질이다.

부정 탄 손님같이 별안간 틀어지는데, 손가락 입에 넣고 고개를 외로 틀며 뒤로 돌아앉으면서,

"흥, 저것들 지랄허제. 박통 속에서 나온 세간 뉘 것인지도 채 모르고 양귀비와 노는고? 당 명황은 천자로되 양귀비께 정신 놓아 나라 망했다는데 박통 세간 무엇이냐? 당장 열 끼를 굶더라도 남편 첩 꼴은 못 보겠네. 나는 지금 나갈 테니 양귀비와 잘 지내소."

흥보가 가난해 계집 손에 얻어먹어 가장 값을 못했으니 호령이나 할 수 있나? 사정 조로 하는 말이,

"여보소, 애기 엄마. 이것이 웬일인가? 자네 방에 열흘 자면 첩의 방에 하루 자지. 이렇듯 양귀비가 나 같은 사람 보려 먼 나라에서 나왔으니, 도로 쫓아 보내겠나?"

흥보 마누라가 이 말을 듣더니,

"그럼 꼭 그리하겠다고, 우리 셋이서 고름 맺고 맹세합시다."

양귀비도 웃고, 흥보도 웃고, 서로 보고 박장대소, 옷고름을 맺고 나서 양귀비 박통을 바라보며,

"무엇들 하는고!"

호령을 해 놓으니, 뜻밖에 박통 속에서 사람 소리가 수군수군 두런두런 우근우근, 대포 한 번 쏘는 소리, 꿍 뚜두룽 탕.

흥보 내외 질색해서,

"아이고, 이 박통 속이 어떤 전쟁 속이냐? 여보, 마누라. 이제 우리가 다 죽나 보오!"

그때 박통 속에서 사람들이 나오는데, 석수, 목수, 와수, 토수,* 온갖 장인 수백 명이 각기 연장 짊어지고, 돌과 나무 기와들을 수레에 싣고 썰매에 싣고, 소에 싣고 말에 싣고, 지게에도 짊어지고 더미로 줄로 끌며 지레로 밀고 나오는데, 그중에 목수들은 나무 깎는 자귀 든 놈, 도끼 들고 톱도 들고 낫도 들고, 먹통에 잣대 든 놈, 송곳 든 놈, 망치 든 놈까지 꾸역꾸역 나오더니 흥보 집을 짓느라고 우당탕퉁탕 야단을 하는구나. 흥보 내외는 눈도 뜨지 못하고 벌벌 떨며 까투리 꿩 숨듯 나붓이 엎어졌을 제, 상량上樑*을 하느라고,

"올라간다, 어기야차."

대포 한 번 쏘는 소리가, 꽝.

사면이 조용하거늘 흥보가 눈을 가만히 뜨고 바라보니, 그 사람들도 간곳없고 초막집도 간데없고 기와집 수백 간을 대궐같이 지어 놓았는데, 강남 사람 재주들은 이렇듯 기이한지 벽 붙인 그 진흙을 어느 결에 다 말려서 도배, 장판, 천장까지 횐칠하게 하였겄다. 집 형상을 가만히 살펴보니.

동쪽 산 아래 너른 곳에 방위를 잡아서 사방으로 담을 치고 네 모기둥에 도리* 얹고, 처마 끝 모양내고, 햇빛 가리는 차양 달고,

---

* 석수, 와수, 토수 돌 가공하는 사람, 기와 올리는 사람, 흙일을 하는 사람(미장이)
* 상량 기둥을 세우고 들보를 얹은 다음 마룻대를 올리는 일
* 도리 서까래를 받치기 위해 기둥 위에 가로질러 놓는 나무

'모년 모월 모일 모시 기둥 세우고 마룻대를 올렸다' 뚜렷이 새겨 놓고 뼈대 걸고 산자* 얽어, 암키와는 뒤집어 놓고 수키와는 엎었 으니 기와집 장군이 내린 듯. 안벽 치고 바깥벽 치고 들기름에 절 인 종이 방 안쪽 벽 도배까지 높고 큰 기와집으로, 안채를 살펴보 니 풍수 좋은 방향에 앉혀 놓고 사랑채, 행랑, 별당, 초당, 서당, 곳 간을 좌우로 반지르르 지었는데, 안팎 중문에 솟을대문이며 벽장 다락이 좋을시고.

안방 치레를 볼작시면 용과 봉황 새긴 장과 궤, 뒤주와 반닫이 며 평양 장롱, 의주 장롱에 원앙 수놓은 베개, 잣 넣은 베개, 은요 강에 순금 대야가 좌우로 벌여 있고, 동편 곳간 열고 보니 칠첩 오 첩 금그릇 은그릇, 대양푼 소양푼, 대합, 소합, 은수저, 놋수저, 온 갖 그릇에 갖은 제사 그릇, 주걱, 국자, 식칼, 조리, 함지박, 쪽박, 부삽, 부지깽이까지 첩첩이 쌓여 있다.

서편 곳간 열고 보니 양산, 우산에 사모, 관대, 허리띠, 장화며 말안장, 은등자, 옥안장, 비단 방석, 황금 방울 단 굴레, 알록달록 비단실, 고운 굴레, 안장 매는 끈, 말굴레, 산호 채찍, 돈주머니 쌓 여 있고, 홍두깨, 방망이며 다듬잇돌과 인두, 다리미, 바늘 상자, 바늘, 실, 골무, 가위, 노리개, 잣대며 비단 서답*까지 쌓여 있고,

---

* 산자 나뭇가지를 엮은 것. 서까래 위에 산자를 얹은 뒤 흙과 기와를 차례로 올린다.
* 서답 월경대

북편 곳간 열고 보니 여럿 찧는 디딜방아를 뚜렷이 차려 놓고, 혼자 찧는 절구방아, 절구통, 절굿대, 체, 키, 베틀, 씨아에 물레 틀과 쟁기 열 채, 써레 열둘, 호미, 따비, 쇠스랑, 괭이, 삿갓, 도롱이, 비옷이며 도리깨, 벼훑이, 갈퀴, 멍석, 방석, 씨 주머니, 맷돌, 풀맷돌이며 또드락굽벅 짚신 만드는 방망이, 지게, 발채, 똥장군과 오줌항아리, 개똥망태, 거름지게, 똥 치는 가래까지 차례차례로 쌓였구나.

이른바 정성을 들이면 하늘을 감동시킨다고 하니, 흥보는 이렇듯 꿈속같이 부자가 되었겄다. 본채에는 본처 두고, 별당에는 양귀비요, 행랑에는 종들이라. 흥보는 심심하면 양귀비와 손길 잡고 후원에 화초 구경, 옥난간 밝은 달에 둘이 마주 기대앉아 우의곡 채련곡을 한가히 희롱하니 이러한 지상신선 어느 세상에 또 있으리.

제비 다리를 분지르면
박씨를 물어 와?

이때 놀보가 저희 동생 부자 되었단 말을 듣고 배를 앓고 있다
가, 하루는 묻고 물어 흥보 집을 찾아가니 높고 큰 기와집을 반지
르르하게 지었거늘, 놀보가 대문 밖에 서서,

"네 이놈, 흥보야!"

하고 불러 놓으니, 흥보 사랑에 누웠다가 저의 형님 음성 듣고
버선발로 뛰어나온다.

"아이고, 형님. 제가 건너가서 뵈어야 헐 일인데, 형님께서 이렇
게 오시니 황송하옵니다."

놀보가 눈을 뻔히 뜨고 흥보를 보더니만,

"저러한 부자들이 우리같이 가난한 사람 찾아오기 쉽겄냐? 그
런데 이것이 뉘 집이냐?"

"형님, 이게 제 집이올시다."

"아, 이것이 네 집이여? 삼강오륜에 어긋난 괴이한 일이로다.

그러면 들어가자."

흥보가 앞서고 놀보가 뒤따라 들어가며 흥보 집을 살펴보니 찬란하고 웅장하구나. 대문 안을 들어서니 연못 안에 인공 돌산 대대 층층 만들었는데, 연못 속 흰 거위는 저희끼리 짝을 지어 둥덩둥덩 떠서 놀고, 화단 위 각색 화초는 손님 보고 반기는 듯, 사랑에를 들어서며 방 안 치레를 살펴보니 두꺼운 장판, 꽃무늬 벽지, 정井 자 무늬 천장, 만卍 자 무늬 미닫이문, 모란무늬 돗자리, 오색요, 청담요 홍담요 백담요와 밀화 쟁반, 호박 대야, 청유리병, 황유리병, 유리 등잔, 양의 뿔로 만든 등, 손거울, 큰 거울, 옷걸이며 무늬 좋은 바다거북 등껍질로 만든 책상, 자단나무 문갑, 비취 책상, 산호 필통, 마노 연적, 용 새긴 벼루, 봉황 털로 만든 붓, 일본붓, 중국 붓, 중국 두루마리며 금빛 종이 한데 말아서 책에다 접어놓고 서책을 쟁였는데, 사서삼경과 《예기》《춘추》, 외가서전집이며 《통감》《사략》《소학》《명심보감》《연주시》《당률》《동몽선습》《만물집》《천자문》《추구》까지 좌우로 모두 다 쌓였구나.

놀보가 윗자리에 턱 앉더니,

"야, 그 네 사랑 참 장히 좋다."

흥보가 저희 형을 사랑에 모셔 놓고 안으로 들어가,

"여보, 마누라. 형님께서 건너오셨으니 나가서 인사 여쭙도록 하시오."

흥보 마누라가 놀보 왔단 말을 들으니 사지가 벌렁벌렁 떨리건마는, 가장의 영을 어기지 못해 나오는데.

홍보 마누라가 나온다. 홍보 마누라가 나오는데, 예전에는 가난해서 못 먹고 헐벗었지만 이제는 돈이 없나, 비단이 없나, 은금보화가 없느냐. 비취옥으로 만든 비녀에 갖은 패물, 굵은 은가락지를 손에 끼고, 한산 세모시에다 푸른 물감 포로소롬하게 들여, 주름은 잘게 잡고 치마허리는 넓게 달아 입고 며느리들을 앞세우고 아장아장 나오더니,

"시숙님, 그동안 별고 없으셨는지요?"

이렇듯 절하니 우리네 같으면 마땅히 일어나서, '아이고, 제수씨. 그동안 어린 자식들을 데리고 어찌 고생을 하셨습니까?' 하련마는, 저 때려죽일 놈이, 제수가 절을 하는데 발을 당그랗게 개고 앉아 제수를 보더니 들판에 잘된 곡식 칭찬하듯 하던 것이었다.

"허, 그것 잘 되야 먹었다. 쫓겨날 때 보고 지금 본개 거, 미꾸라지가 용 되었는걸."

홍보 마누라 들은 척도 아니하고 안으로 들어가 음식을 장만하는데, 잔칫집 존장치게* 차리던 것이었다.

음식을 차리는데, 안성 유기, 통영 소반, 은수저, 구리저를 아전 산가지* 벌이듯 주루루 벌여 놓고, 꽃 그렸다 오죽판, 대나무 모양

---

* 존장치게 훨씬 더하게
* 산가지 수를 셀 때 쓰는 나무 막대

그릇, 얼기설기 송편, 네모반듯한 흰떡이며 주루루 엮어 산피떡과 사과, 진청, 생청* 놓고, 달걀 산적 곁들여 양, 간, 처녑, 콩팥을 양편에다가 벌여 놓고, 청단, 수단*에 한과며 인삼채, 도라지채, 낙지, 말린 고기, 콩기름에다 시금치 곁들여 갖은 양념 모아 놓고, 편적, 큰 적, 복숭아 꽃잎 적이며, 메밀탕수, 어포, 육포 갈라 놓고, 처녑쌈, 전골 그릇, 갈비찜, 양지머리, 차돌박이를 들여놓고, 갖은 과일 다 들였다. 날밤, 황밤, 은행, 대추, 고산 배, 임실 감, 호두, 백잣 곁들이고, 끌끌 우는 꿩 다리, 호도독 포도독 메추리탕, 꼬끼오 영계찜, 어전, 육전, 지지개며, 계란탕, 청포채에다 겨자, 고추, 생강, 마늘, 문어, 전복을 모양내서 쌓아 놓고, 전골을 들여라.

전골을 들이는데, 청동화로 참나무 숯불 부채질 활활 고추같이 일구어 놓고, 살찐 소 소금 뿌려 구운 고기 잘 드는 칼로 납작납작 오려 내어, 깨소금에다 참기름 쳐 부스스 불려 재워 내어, 대양푼 소양푼 여기도 담고 저기도 담고, 산채, 고사리, 미나리, 녹두채, 맛난 장국 주루루루 들이붓고, 계란을 똑똑 깨어 껍질을 떼고 길게 얹어라. 손 뜨거운데 쇠젓가락말고 나무젓가락 들여라. 고기 한 점을 덥벅 집어서, 맛난 기름의 간장 물에다 풍덩 적셔 덥벅, 피 피.

---

* 산피떡, 진청, 생청 팥을 껍질째 삶아 찐 떡, 끓인 벌꿀, 끓이지 않은 벌꿀
* 청단, 수단 꿀물, 오미자물에 경단을 담근 것

이렇듯 상 차려다 놀보 앞에 들여놓고 흥보가 술을 권하며,

"형님 약주 드십시오."

하거들랑, 이놈이 그냥 썩 받아먹는 것이 아니라,

"여봐라, 흥보야! 내가 남의 초상 마당에서도 권주가 없이는 술 안 먹는 속을 너 잘 알지야? 제수씨 곱게 꾸민 김에 어디 권주가 한 꼭대기 시켜 보아라."

흥보 마누라 기가 막혀 흥보 든 술잔을 앗아다 후다딱 방바닥에다 부딪치더니마는,

"여보시오, 시숙님! 여보, 여보, 아주버니. 제수더러 권주가 하라는 법 세상에 어디서 보았소? 돈과 곡식 있다고 뻐기기를 그만하시오. 나도 이제는 돈과 쌀이 많이 있소. 엄동설한 추운 날에 구박당해 나오던 일과, 처자들을 굶겨 놓고 찾아간 동생 피가 솟도록 쳐 보낸 일을 관 속에 들어도 나는 못 잊겠소. 보기 싫소, 어서 가시오? 속을 채우려면 뭐 하러 내 집에 찾아왔소? 어서 가오, 보기 싫소. 안 갈라면 내가 먼저 들어갈라요."

위세를 뽐내며 안으로 들어간다.

놀보란 놈 공연한 일 저질러 놓고, 제 스스로 무안해서 하는 말이 더 괘씸하더구나.

"요망스럽게. 여봐라, 흥보야! 네가 형제간 윤리를 알거든 네 마누라 버려라. 내가 새장가 들여 주마. 그건 그렇고, 내가 네게 할 말이 있어."

"형님, 무슨 말씀이시옵니까?"

"내가 요즘 듣자 하니 네놈이 밤낮으로 자식들을 앞세우고 도적질을 잘한다니, 네 이 말이 분명하지?"

흥보 기가 막혀,

"형님 이게 웬 말씀이오? 조상이 시키잖고, 배우잖은 도적질을 어찌 한단 말씀이오?"

"네 이놈아, 듣기 싫다. 그러면 이 재산과 이 재물이 하루아침에 어디서 났단 말이냐? 네놈을 잡으려고 포도청 군관들이 벌 떼같이 나섰다니 그 아니 딱한 일이냐? 일이 이 지경에 이르렀으니, 네놈은 잔말 말고 천기누설 할 것 없이 세간과 논밭 문서며, 돈궤 곳간 열쇠까지 내게다 맡겨 두고 처자를 거느리고 멀리 도망가라. 십 년만 한정하고 잠자코 피신타가, 이곳이 무사타고 내가 기별을 하거들랑 그때 돌아오도록 하여라. 십 년 아니라 백 년을 있다 오더라도, 네 재물에다 손을 대면 내가 네 아들놈이다, 이놈."

흥보가 저희 형 속을 아는지라,

"형님, 그런 것이 아니옵니다."

그 부자 된 전후 내력을 낱낱이 말을 하니 놀보 듣더니만,

"아니, 그래, 제비 다리를 분지르면 박씨를 물어 와?"

"분지른 것이 아니오라, 그놈이 날기 공부 하다가 떨어져 다리가 부러진 것을 동여 주었어요. 그래서 그 제비가 물어 온 박씨를 심어 가지고 이렇게 부자가 된 것이옵지, 무슨 도적질을 했사오리

까?"

놀보 가만히 듣더니만,

"거 안 떨어지면 어쩔 것이냐? 다리를 분질러야지. 그건 그렇고, 저 윗목에 벌건 장롱, 저게 무슨 장롱이냐?"

"형님, 그게 화초장*이올시다."

"화초장이여? 거 이름 한번 좋다. 그 속에 뭣이 들었느냐?"

"은금보화가 가득 들었습니다."

"그러면 그거 하나도 꺼내지 말고, 저 장롱 날 다오."

"아, 예, 그리하시지요."

흥보가 명주 한 필을 꺼내다가 줄을 걸어 내놓으니 놀보란 놈이 화초장을 짊어지고 저희 집으로 돌아오는데, 원체 이놈이 잊기를 잘하는 놈이라 화초장을 잊어버릴까 봐 입으로 주워섬기며 오던 것이었다.

"화초장, 화초장, 화초장, 화초장, 화초장, 화초장. 얻었네, 얻었네. 화초장 하나를 얻었다. 오늘 걸음은 잘 왔구나. 대장부 한 번 걸음에 화초장이 하나가 생겼구나. 화초장, 화초장, 화초장."

도랑 하나를 건너뛴다.

"여기가, 꽤 미끄럽단 말이여. 가만있자, 옳제."

간신히 건넌 후에,

---

* 화초장 문짝에 유리를 붙이고 화초를 그린 옷장

"초장화. 아아? 장화초, 어어? 워따, 이것을 잊었다. 허허, 이것을 잊었구나. 아이고, 이것이 무엇이냐? 갑갑해서 내가 죽겠구나. 아이고, 이것이 무엇이냐?"

이놈이 이것을 뒤집어 붙이면서도 모르던 것이었다.

"초화장, 아니다! 장초화, 아니다. 화장초, 아니다. 워따, 이것이 무엇이냐? 천장 방장 구들장, 아니다. 된장 간장 고초장, 아니다. 고초장? 고초장. 이것은 비슷하면서도 아니로다. 이것이 무엇이냐? 아이고, 이것이 무엇이냐? 에라, 내가 우리 집으로 가서 우리 마누라를 닦달할 수밖에."

저희 집으로 들어가며,

"여봐라, 여편네야! 나 짊어진 것, 이것이 무엇이냐?"

"하이고, 거 무거운데 우선 내려나 좀 놓으시오."

"워따, 갑갑혀 나 죽겠다. 얼른 가르쳐라."

"우리 친정아버지가 서울 가서 그런 장롱을 사 왔는데, 화초장이라고 그럽디다."

놀보가 꿈 깬 듯이 어찌나 반갑던지,

"옳다. 옳다. 화초장이지. 아이고, 내 딸이야!"

"에이, 여보시오. 세상에 그것이 무슨 소리다요?"

"아, 바쁠 때는 이리도 허고, 저리도 허제."

"그런데, 이 장롱 어디서 났소?"

"흥보가 과연 부자가 되었어."

"아이고, 참으로 부자가 되었어요?"

"음. 그런데, 제비 땜에 부자가 되얐디야. 그런개 나도 오늘부터 제비를 좀 많이 길러야 되겄어."

저 박빛 누런 것은
분명히 금

그날부터 준비할 제, 신 잘 삼는 사람들을 십여 명 골라다가 매일 삯전 석 냥씩 세끼 먹고 술 담배 착실히 대접해서, 외양간 지붕 밑에 쌓아 두고 신 삼을 찰볏짚을 여러 짐 들여다가 제비 집 수백 개를 밤낮으로 만들어 안채, 사랑채, 행랑, 곳간, 서당, 별당, 뒷간이며 앞뒤 마루 아래, 들보, 서까래 빈틈없이 달아 놓고, 그래도 부족해 제 망건당 위에다 풍잠* 달 듯 달아 쓰고 아무리 기다려도 제비가 아니 오니, 제비 땜에 환장이 되어 상사병이 일어난다.

만물을 사랑해도 제비 자 드는 것만 꼭 사랑하는구나. 기어 다니는 짐승은 끝이 같아 족 자만 떼고 보면 바로 이름이 제비라고 족제비만 사랑하고, 다른 그릇은 다 버리고 모제비만 사들이고, 음식은 칼제비나 수제비만 해서 먹고, 종이가 눈에 띄면 간제비만

* 풍잠 망건의 당(망건 위쪽을 동여매는 부분)을 꾸미는 물건

접어 놓고, 제비 땜에 화가 나면 마을 사람들과 두제비와 목제비만 하는구나.*

아무리 생각해도 도리 없어 하루는 그물을 맺어 들고 제비를 후리러 나가는데, 제비를 어떻게 후리는고 하니, 이때 봄철 석 달 지나 제비 나비는 펄펄. 제비 몰러 나간다. 제비를 후리러 나간다. 복희씨*가 내신 그물을 에후리쳐 둘러메고 지리산으로 나간다. 이편은 우두봉, 저편은 좌두봉, 건넌봉, 맞은봉, 좌우로 칭칭 둘렀는데,

"어어어 이리 와."

덤불을 툭 쳐,

"후여! 허허허, 저 제비, 어느 곳으로 가느냐?"

하늘 높이 나는 소리개 보아도 제빈가 의심하고, 남쪽 날아가는 까치만 보아도 제빈가 의심하고, 봄날 노란 꾀꼬리만 보아도 제빈가 의심하고,

"저기 가는 저 제비야! 그 집으로 들어가지 마라. 불이 날 집이로다. 기둥과 들보에 불기운 끼었다. 내 집으로 들어오라. 이이이 이이루어."

---

* 다른 그릇은~목제비만 하는구나 모제비는 네모지고 큰 나무 그릇, 간제비는 편지 내용이 보이지 않게 접는 방식을 말한다. 두제비는 머리나 멱살을 잡고 싸우는 짓, 목제비는 목이 부러진 것처럼 힘없이 꺾이는 동작을 가리킨다.
* 복희씨 그물을 만들었다는 중국 전설상의 임금

날만 새면 밖에 나가 제비 몰기를 일삼을 제, 하루는 운수 나쁜 제비 한 쌍이 놀보 집을 들어오니, 놀보가 얼마나 반갑던지 소반에다 정화수를 받쳐 처마 밑에 차려 놓고 두 손 합장하며,

"제비님 오시나이까. 어찌 이리 행차가 더디시어 내 간장을 녹이시오?"

앞뒤에다 금줄 치고 부정 탈까 조심하며 알 낳기를 기다릴 제, 여섯 개 낳았는데 마음 바쁜 놀보 놈 밤낮으로 어찌나 만졌던지 다섯 개는 독이 올라 모두 다 곯아버리고 다만 한 개 겨우 까서 날기 공부할 제, 제집에 발붙이고 날개를 발발 떨면 놀보 놈 바라보고,

"떨어집소사. 떨어집소사."

손을 싹싹 비벼도 끝내 떨어지지 않고 구렁이는 아니 오니,

"어, 이놈의 구렁이 기다리기가 제비 기다리기보다 훨씬 더 힘이 드는걸."

구렁이는 아니 오고 제비는 날게 되니,

'저것 날러 가버리면 십년공부 허사로다. 에라, 내가 구렁이 노릇을 할 수밖에 수가 없다.'

혀를 널름널름하면서 구렁이 모양을 하고, 엉금 엉금 엉금 엉금 엉금 기어들어 가, 제비 새끼 집어내 두 다리 지끈 분지르더니 마루에 선뜻 던져 놓는다. 모르는 체 돌아서 뒷짐 지고 거닐며 목소리 크게 내어 풍월 한 수 읊고, 앞으로 돌아서더니 깜짝 놀라 억

지로 침 맞는 듯 된 목소리로,

"여보소, 마누라!"

놀보 마누라 뛰어나오니,

"여보소, 내 잠시 거니느라 미처 보질 못했더니, 아, 구렁이가 물어 제비 새끼 떨어져 다리가 부러졌으니 불쌍해서 못 보겠네. 우리 동여매어 살려 주세. 흥보는 명태 껍질로 싸 주었다지마는, 나는 더 튼튼한 민어 껍질로 싸 주리라."

민어 껍질과 여덟 가닥 끈으로 닻줄 감듯 친친 감아 집에 넣고, 행여나 찬 바람 쐴까 큰 자루 멍석으로 여러 겹을 둘렀구나. 어미 제비 들어와서 그 형편을 살펴보고 부모 된 마음으로 슬픈 마음 한없이 탄식한 후, 무슨 괴변 또 있을까 밤이면 잠 안 자고 주변을 살피면서 두 죽지로 싸서 안고 낮이면 번갈아서 밥을 물어다 구원 한다.

놀보 망하게 할 제비인데 죽을 리가 있으리오. 십여 일을 지내 더니 부러진 다리가 붙어 앉아도 보고, 날아도 보고, 무수히 공부를 하더니마는, 구월 구일이 당도하니 공중에 높이 떠 제비 말로,

"지지지지 주지주지. 아느냐, 주인 놈아. 에이 몹쓸 놀보 놈아. 나와 무슨 원수 되어 생다리 꺾어 이 병신이 되었으니, 만 리 강남 먼먼 길을 어디 가 쉬어 가잔 말이냐?"

속 못 차린 놀보 놈은 제비를 바라보며,

"반갑다, 내 제비야. 네 아무리 미물인들 살려 준 은혜를 잊겠

느냐? 쉬 강남 들어갔다가, 내년 삼월 나올 적에 부디 박씨를 물고 오너라."

놀보 제비 세 마리는 강남으로 들어가 제비 왕을 뵌 후에 놀보 놈 앞뒤 사정 낱낱이 아뢴다. 제비 왕이 분을 내어 원수 구仇 자 바람 풍風 자 쓴 박씨 하나 내어 주며,

"이것 갖다 놀보 주어 원수를 갚게 하라."

놀보 제비 받아 물고 제 처소에 돌아와 내년 봄을 기다릴 제.

그해 겨울을 다 보내고 입춘 우수 경칩 춘분을 지내어 삼월 삼일 당도하니, 나무 나무 속잎 나고 가지가지 꽃 필 적에 놀보 제비 거동 보소. 박씨를 입에 물고 공중에 둥실 높이 떠, 촉나라 사천 리, 촉산도 이천 리, 팽성도 오백 리를 넘어 하룻밤 쉬인 후에, 아방궁을 얼른 지나 월하성 일만 이천 리를 순식간에 지났구나. 거기서 잠깐 쉬인 후 밤낮으로 펄펄 날아 놀보 집을 당도하니 놀보보고 좋아라고,

"반갑다, 내 제비. 어디를 갔다가 이제 와? 어디를 갔다가 이제 오느냐? 얼씨구나, 내 제비. 소호씨* 때 새 이름으로 벼슬을 삼았으니 벼슬하러 네 갔더냐? 유소씨* 때 나무 얽어 집 만들었으니 집

---

* 소호씨 중국 전설상의 왕. 임금 자리에 오를 때 봉황이 날아들어서 관직 이름에 새 이름을 붙였다고 한다.
* 유소씨 중국 전설상의 성인. 새가 보금자리를 만드는 것을 보고 사람들에게 나무를 얽어 집을 만드는 법을 가르쳐 주었다고 한다.

배우러 네 갔더냐? 어이 이리 더디 와서 내 간장을 다 녹이느냐? 박씨 물어 왔거들랑 어서 급히 나를 다오."

손바닥 쩍 벌리고 제비에게 절을 하며 박씨 주기만 기다릴 제, 저 제비 거동을 보소. 물었던 박씨를 놀보 손에다 뚝 떨어치고, 공중에 둥실 높이 솟아 흰 구름 사이로 날아간다.

놀보 받아 들고,

"여보소, 마누라! 살림 밑천 여기 왔네."

놀보 마누라 달려 나와 박씨를 들고 보더니,

"아이고, 영감. 이것 바삐 갖다 버리시오."

놀보 깜짝 놀라,

"응? 아니 어째서?"

"원수 구 자, 바람 풍 자가 쓰였으니 원수 갚을 풍파란 말 아니오?"

놀보 대답하되,

"자네가 속을 모르는 말이여. 강남의 문장가들이 글을 뒤집어 하느니. 비단 수繡 자 쓴다는 것이 붓대가 잘못 돌아가서 원수 구 되고, 풍년 풍豐 자 쓴다는 것이 잘못되어 바람 풍 자 되었으니, 걱정 말고 심세."*

---

* 자네가 속을 ~ 말고 심세 구 자와 풍 자를 활용한 언어유희가 길게 이어지는 대목 인데, 보다 속도감 있게 진행되는 박록주 창본의 구절을 가져왔다.

동편 처마 담 밑에 구덩이를 깊이 파고, 일 년 농사지을 거름 한 꺼번에 져다 붓고 단단히 심었겄다. 아침에 심은 것이 저녁때 돌아가 본즉, 박순이 벌써 통통한 다리만 하게 솟았는지라. 놀보 마누라 깜짝 놀라,

"아이고, 영감. 저것 암만해도 무슨 재앙이 생기겄소. 바삐 뽑아 버리시오."

놀보 듣고 화를 내어,

"또 방정맞은 소리를 혀. 아, 나물 될 것은 떡잎부터 안다지 않어?"

이 박넝쿨이 날마다 갑절씩 쑥쑥 뻗어 나가는데, 옆에서 순이 나고 순이 더욱 굵게 뻗어 어데 가 턱 걸치면 모두 다 무너질 제, 사당에 걸치더니 사당이 무너지고 신주가 깨어지고, 곳간에 걸치더니 곳간이 무너지고, 온 동리로 다 뻗어 뉘 집이고 턱 걸치면 무너지고, 무너지면 값을 물고 한 것이 벌써 수천 냥이 되었겄다.

놀보가 벌써부터 박 때문에 이렇게 재물을 잃을 적에 박 여섯 통은 놀보 집 후원에 가 열고, 한 통은 이웃집 울타리 밑에 가 열렸는데, 밤중만 되면 박통 속에서 소고 소리, 장고 소리, 징, 꽹과리 소리가 나니, 이 박은 초라니패 든 박이었다. 이때는 어느 땐고, 음력 팔월 보름이라. 희면서도 누르스름하게 익은 박이 뚜렷이 금빛이었다.

놀보 놈이 좋아라고,

"저 박빛이 저렇게 누런 것은 분명히 금 들었제."

달력을 펼쳐 놓고 갑자일로 택일해서 삯꾼 삼십 여 명을 사 가지고 박을 타는데, 놀보가 선소리를 메기되 금이 꼭 나올 줄로 금이라는 말만 가지고 메기던 것이었다.

"시르렁 실건, 톱질이야. 어유아, 톱질이로구나. 어와, 세상 사람들아. 금의 내력을 들어 보소. 진평이는 범아부* 잡으려고 황금 사만 근을 초나라 병사 가운데 흩으며, 소진*이는 말솜씨 좋아 많이 얻어 실어 갔고, 곽거는 효성으로 묻힌 금을 파내었네. 시르렁 시르렁, 당기어라, 톱질이야. 나도 이 박을 어서 타서 금이 많이 나오거든, 이 동리 이름 갈아 금곡동이라 부를란다. 어유아, 톱질이로구나."

* 진평, 범아부   진평은 한나라 고조 유방의 참모, 범아부는 초나라 항우의 책사 범증이다. 진평이 황금을 써서 항우와 범증 사이를 이간질하자 항우가 범증을 의심하기 시작했고, 결국 범증은 항우를 떠났다.
* 소진   중국 전국 시대 정치가. 뛰어난 말솜씨로 여섯 나라의 재상을 지내며 부귀영화를 누렸다.

송장보다 징한
능천낭 주머니

실건 실건 실건 실근 실근, 박이 활짝 벌어지니 뜻밖에 박통 속에서 노인 한 분 내닫는데 차린 복색 괴짜로구나. 다 떨어진 헌 베바지 깊은 살이 다 보이고, 삼승 삼베 적삼 위에다 개가죽 묵은 배자 무릎까지 덜렁덜렁. 구멍 뻥뻥 중치막*은 아랫단 황토 묻고, 떨어진 관에다 석 자 절반 되는 헌 베주머니 전 재산을 넣어 차고, 곱돌 깎아 만든 담뱃대 가운데 쥐고 놀보 놈 안방으로 제집같이 들어오는데, 토깽이 얼굴에다가 빈대코가 맵시 있고, 뱁새눈 병치입*에 목소리는 장히 크다. 두 눈을 부릅뜨고 놀보 놈을 바라보며,

"네 이놈, 놀보 놈아! 네 할애비 덜렁쇠, 네 할미 허천댁이, 네 아비 껄덕쇠, 네 어미 빨닥례가 모두 내 집 종일러니, 병자년 팔월

---

* 배자, 중치막   배자는 겨울에 저고리 위에 입는 조끼, 중치막은 벼슬하지 않은 선비가 소매 좁은 옷 위에 덧입던 웃옷이다.
* 빈대코, 뱁새눈, 병치입   납작한 코, 작은 눈, 작은 입

과거 보려고 서울 올라간 이후로 내 집 사랑이 비었을 제, 흉악한 네 아비 놈 가산 모두 도적하여 간 곳 모르게 된 뒤에 종적을 몰랐는데, 제비 편에 소식 듣고 천 리를 멀다 않고 예 왔노라. 네 가솔, 네 가산을 박통 속에다 급히 담아 내 집에 가서 시중들라."

놀보가 들어 보니 사람 상할 말이로다. 아니라 잡아떼자 해도 삼대가 되었으니 증인 세울 사람 없고, 관청에 판결 구하자 한들 좋지 못한 이 근본을 읍과 촌이 다 알 테요, 싸워나 보자 한들 저 양반 생김새가 장작불에다 집어넣어도 안 탈 모양이라.

어찌하면 무사할꼬 저 혼자 궁리할 제, 저 양반 호령하되,

"네 이놈, 놀보야, 이놈! 옛 상전이 와 계신데 네 처 네 자식들 문안도 아니 하니, 이런 법이 있단 말이냐? 강남 하인 이리 오너라!"

박통 속이 관청 문 되어 수십 명 대답 소리 골짜기가 으근으근, 장대하고 보기도 겁나는 하인들이 몽둥이 들고 굵은 줄 들고 꾸역꾸역 퍼 나오니, 놀보 어쩔 수 없어 엎드려 애걸하는구나.

"여보시오, 상전님. 이 동리가 양반 동네요, 삼대 조부 다른 곳의 양반으로 이 고장에 살러 와서 모모 양반 댁이 모두 다 사돈이온 바, 이 소문이 나거드면 소인은 고사하고 그 양반들 창피하오. 아무 말씀 마옵시면 속전贖錢*으로 바치오리니, 속량贖良* 하여 주

* 속전　죗값으로 바치는 돈
* 속량　조선 시대 노비에게 대가를 받고 양인良人이 되게 하던 제도

96

옵소서.”

“네 아비 죄상을 생각하면 기어코 잡아다가, 조금만 잘못하면 사랑 앞 말뚝에 거꾸로 매어 달고, 대추나무 방망이로 두 발목 복숭아뼈 꽝꽝 때려 가며 부려 먹을 일이로되, 이 또한 사람의 자식이라. 그래 공돈 속돈 바칠 테면 지체 말고 곧 바쳐라.”

놀보 여짜오되,

“얼마나 바치오리까?”

“너만 한 놈을 데리고 많고 적음을 다투겠느냐?”

하더니 조그마한 주머니 하나를 내어 주며,

“너야, 돈이든 곡식이든 뭘로 채우든지 이 주머니만 가득 채워 오너라.”

놀보 놈 속마음으로, 저 양반 저 억지에 많이 달라 하거든 이 일을 어찌할꼬 잔뜩 염려하였다가 주머니만 채워 오라니 얼마나 좋던지,

“하이고, 예. 예. 그리 하오리다.”

주머니를 들고 제 방으로 들어가 엽전 가득 담긴 주머니를 그 주머니에다 대고 조르르르르르르 부어 놓으니, 놀보 돈주머니는 홀쭉하니 없어졌는데 생원님이 준 주머니는 여전히 아무렇지도 않고 가뿐한지라. 놀보 어이없어,

“음마, 요런 잡것 좀 보소, 여.”

하더니 돈궤를 턱 열어 놓고 돈꿰미를 풀어내어 한 줌을 넣어

도 간데없고, 두 줌을 넣어도 간데없고, 석 줌을 넣어도 간데없고, 닷 줌을 넣어도 간데없다.

"푼돈이라 이러한가? 큰돈으로 넣어 보자."

한 냥을 넣어도 간데없고, 석 냥을 넣어도 간데없고, 닷 냥을 넣어 보아도 아무 흔적 없어지니,

"뭉치로 넣어 보자."

스무 냥씩 묶은 돈을 한 다발 넣어도 간데없고, 주머니 생긴 모양이 무엇을 넣을 양이면 주둥이를 쩍 벌리고 산덩이도 들어갈 듯, 넣고 보면 삼키는 듯, 아무 흔적 간곳없네.

"아이고, 이게 무슨 주머니냐? 날 죽일 것이 생겼구나."

주머니를 들고 와서 양반 앞에 가 엎드러지며,

"여보시오, 상전님. 이게 무슨 조화인지 사람 죽일 주머니요. 아무리 넣어 보아도 한강에 돌 던지기 되고 마니, 이게 어쩐 일입니까?"

저 양반 호령하되,

"에라 이놈, 간사하다. 공돈 속돈 받자 하면 몇만 냥이 되겠으나 수만 리 먼먼 길에 가져가기 괴롭기로 양쪽 다 괴로울 거 생각하여 주머니만 채워 오랬더니, 아무것도 넣지 않고 이 소리가 웬 소린고? 네 저놈 매어 달고, 방망이로 우리어라!"*

좌우에서 대답 소리 놀보 정신이 아득해서 그 자리 다시 엎더

* 우리어라 '위협하거나 달래서 물건을 받아 내라'는 뜻

지며,

"비나이다, 비나이다. 상전님 훌륭하시니 살려 주오. 비나이다.
살려 주오, 살려 주오. 공돈 속돈 또 바치제, 정녕 주머니는 채울
수 없소."

"네 소원이 그렇다면, 네 할애비 할머니부터 네 아비 내외 하며
너희 연놈 자식까지 사람마다 삼천 냥씩 이만 천 냥을 곧 바쳐라!
만일 잔말하여서는 네놈마저 여기다 넣으리라."

주머니를 쩍 벌리니 놀보가 질색해서 목을 딱 움츠리며,

"아이고, 예. 분부대로 바칠 테니, 제발 주머니 좀 넣으십시오."

놀보가 밖에 나가 헐값으로 논밭을 잡혀다가 이만 천 냥을 바
쳤구나.

놀보가 몸값을 내고 양민이 되더니 상전이라 아니 하고 생원으
로 부르는데,

"여보시오, 생원님. 기왕 이렇게 된 일이니 그 주머니 이름이나
좀 가르쳐 주옵소서."

"오, 이걸 능천낭이라 허느니라."

"능천낭이오? 그 주머니가 사람 여럿 죽일 주머니요."

"이 주머니가 사람을 죽이는 주머니가 아니라, 사람 아닌 놈만
꼭 죽이는 주머니다. 이놈 똑똑히 들어라. 천지가 개벽한 후에 충
성 않고 효도 않고, 의리 없고 도덕 모르는 놈들 모은 재물 뺏어 가
는 주머니다."

"누구누구 뺏어 갔소?"

"어찌 다 세겠느냐? 한나라 양기* 세간 밥그릇 수저까지 몽땅 모두 다 뺏어 갔지."

"그 세간은 얼마나 되더이까?"

"돈만 해도 오억만 냥, 쌀과 보리가 오백만 석이나 한 귀퉁이도 못 채웠고, 또 당나라 원재* 세간 큰 부자라 하였지만 모두 다 쓸어 넣어 보아도 반 주머니도 못 되더라."

"그 세간은 도통 합이 얼마나 되더이까?"

"돈은 조가 훨씬 넘고, 쌀만 오천오백만 석, 벼가 오천백만 석이요, 보리가 칠천만 석, 콩 팥이 합쳐 이십만 석, 참깨가 이만 오천 석에, 들깨가 이만 석, 차조 메조가 삼십만 석, 옥수수가 삼만 석이요, 피가 육만 오천 석, 기장이 구만 석에 수수가 칠만 석, 후추가 가루로 팔천 석이제."

"그렇게 뺏어다가 어디다 써 계시오?"

"임금에게 충성하고, 부모님께 효도하고, 형제간에 우애하고, 친구 도와주는 사람 형세가 가난하면 그 재물 나누어 주어 부자되게 하였지야. 너도 이놈 그 맘보를 고치지 않거드면, 오 일 동안 한 번씩은 큰비가 올지라도 비옷 입고 올 것이니 그리 알고 지내

---

* 양기   중국 후한 양 황후의 오빠. 권세를 누렸으며 재산이 무척 많았다고 한다.
* 원재   중국 당나라 대종 때의 관리로 권력을 남용해서 부자가 되었다.

렷다."

저 양반 돈을 집어 주머니에 넣더니, 두어 걸음 나서다 갑자기 사라지더라. 박타던 일꾼들이 모두 다 무안해서 가기로 작정하니 놀보 붙들어 말리되,

"여보소들, 아까 나온 그 노인은 상전이 아니라 은금이 변화해 나를 시험한 것이니 아무 말 말고 박타세."

둘째 통을 또 타려 할 제, 놀보 마누라 달려들어,

"여보, 영감! 이 박을 또 타다가는 집도 터도 안 남겠소. 제발 이 박 타지 맙시다."

놀보가 화를 내어,

"방정맞은 소리를 꼭 한단 말여. 잔소리 말고 가만히 있어! 자, 그럼 어서 또 타세."

"실근 실근, 당겨 주소. 어여루 톱질이야. 여보소 일꾼들, 말을 듣소. 마누라 방정 땜에 나올 보물도 요사스럽게 되겠구나. 시르 렁 실건 톱질이야. 정녕코 좋은 보물 이 박통에 있을 테니, 해 떨어 지기 전에 어서 급히 당겨 주소. 어여루 톱질이야."

박이 반만 벌어지니 상여 한 채가 나오는데,

"땡그랑 땡그랑 땡그랑 땡그랑 어허넘차 너화넘 어너 어허넘차 어이 가리 넘차 너화너. 북망산*이 멀다더니, 놀보 집 터가 북망이

* 북망산 무덤이 많은 곳이나 사람이 죽어서 묻히는 곳을 이르는 말

로구나. 어너 어허넘차 어리 가리 넘차 너화너. 여보소, 상여꾼들. 우리도 죽어서 이 길이요, 놀보도 죽으면 이 길이로구나. 어넘차 너화너."

상제 하나가 나오면서,

"아이고아이고, 설운지고. 가난이 원수로다. 삯 백 냥에 몸이 팔려, 헛울음에 목이 쉬었구나. 어너 어너 어허넘차 어이 가리 넘차 너화너. 관음보살 관음보살."

하더니 상여를 턱 내려 놀보 안방에다 관을 모셔 놓고 상제 오백 명이 울면서 꾸역꾸역 나오는데, 어찌하여 상제가 오백 명이나 되는고 하니 제비 왕이 놀보를 망하게 해 줄 양으로 북망산에서 제일 가난한 귀신만 모두 삯을 주고 사서 보낸 상제들이었다. 상제들은 아이고아이고 울음을 우는데 허저* 같은 상여꾼 서른두 명은 눈을 딱 부릅뜨고 벼락 같은 큰 소리로,

"주인 놈 놀보 어디 갔나? 병풍 치고, 제상 놓고, 촛대에다 밀초 켜고, 향로에 향 피워라. 제사 음식 먼저 올린 후에 상식상* 곧 바쳐라! 방 더울라 불 때지 말고, 고양이 들어갈라 굴뚝을 막아라. 만일에 지체하다가는 죽고 남지 못하리라!"

놀보가 얼떨떨 겁이 나서 대강 명대로 한 후에 상제 앞에 문안

---

* 허저 중국 위나라 황제 조조 아래 있던 장군으로 용맹과 무예가 뛰어났다.
* 상식상 죽은 사람의 혼을 위해 아침저녁으로 올리는 음식상

하고 공손히 여짜오되,

"어떠한 상여 행차신지 내력이나 아사이다."

상제가 대답하되,

"우리 댁 노 생원님 너를 찾아보실 양으로 첫 박통 행차하셔, 너를 속량해 주시고 돌아오신 후에 네 정성 극진하여 자식보다 낫더라고 매일 자랑하시더니, 노인의 병환이라 병환 나신 하루 내에 별세를 하셨는데, '놀보의 안방 터가 장히 좋은 명당이라, 찾아가 내 말 하면 반겨 허락을 할 것이니 갈 길이 멀다 말고 게 가서 장례하되, 만일 의심을 하거들랑 이것을 보여 주면 증거가 될 것이다' 두 번 세 번 유언하시기에 상여 행차 모시옵고 천 리를 멀다 않고 찾아왔다. 어서 바삐 집 뜯어라!"

이 야단을 하면서,

"증거라는 게 다른 것이 아니라, 노 생원님 평생 애지중지하시던 바로 이것이다."

하며 소매 속에서 능천낭 주머니를 슬그머니 내어놓는데, 놀보가 이걸 보니 송장보다도 더 징한지라.

질겁해서 꿇고 엎어지며,

"아이고, 상제님. 살려 주옵소서! 노 생원님 하신 유언 임종할 때 정신없어 흐릿하신 중 하신 말씀이오!"

"이놈아, 정신없는 말씀하실 노 생원님이 아니시다. 아이고아이고. 관 내릴 시각 늦어질라, 지체 말고 집 뜯어라!"

"아이고아이고."

놀보 기가 막혀,

"상제님, 묏자리 이치로 말하더라도 이 터가 명당이면 하루아침에 이렇게 폐가가 되오리까? 이 터는 벌써 김 나가버린 터이옵고, 이 집보다 더 좋은 명당이 얼마든지 있사옵니다."

"이놈아, 네 집보다 더 좋은 명당이 어디 있단 말이냐?"

"아이고아이고."

놀보가 그 통에 명당을 이르는데, 거기에도 불타 죽을 심술이 들었던 것이었다.

"명당을 이를게 들으시오. 명당을 이를 테니 들어 보오. 강원도 금강산, 경상도 태백산, 전라도 지리산이 명당이오니 그리로 가시기 바랍니다."

"이놈 그곳을 멀어 어찌 갈꼬?"

"그러면 가까운 복덕촌에 박흥보 집이, 집 지어진 후 하루아침에 억십만금 부자 되온 천하제일 명당이오니 그리로 상여 옮기소서."

"어, 흥보 집이 그렇게 좋은 명당이여? 그러면 우리는 흥보 집으로 갈 터이니, 너는 이 터값으로 상제 오백 명과 상여꾼 서른두 명 사람마다 백 냥씩만 내놓아라."

놀보 어이없어 묵묵부답 앉았으니, 상제 오백 명이 막대기 추켜들고 우박처럼 사나운 매질로 두드리며 주머니에다 넣기로 작

정을 하니 놀보 질색하며,

"아이고, 아이고, 예, 예. 바치오리다!"

놀보 놈이 밖에 나가 반값에 논밭 팔아 오만 삼천이백 냥을 갖다 주니, 상여꾼들 돈을 받아 상여에 집어넣고 어넘차 소리하며,

"아이고, 무거워 못 가겄다. 노 생원님 분부대로 충신 효자 난 집에 주고 가자."

두어 걸음 나서더니 사라져 간곳없네.

그때에 동리 구경꾼들이 물밀듯이 달려드니 놀보 더욱 부끄럽고 화가 나서 박 한 통을 간신히 들어 울타리 너머에다 던져버리는데, 박통이 와지끈 깨어지며 돈이 마구 쏟아져 나온 것을 구경꾼들이 모두 다 주워 가지고 뿔뿔이 도망을 하였구나.

놀보 기가 막혀도
줄줄이 박을 타고

놀보 기가 막히고 화가 나면서도 한편 또 좋아라고,

"그러면 그렇지. 흉한 일이 먼저고 좋은 일 나중이라. 고생 끝에 보람이 온다니, 자, 또 박타자."

이번에 넷째 통을 탔더니 그 속에서는 줄줄이 늘어선 장님, 갖은 불구 떼들이 나와서 놀보 재산을 다 털어 가고, 또 다섯째 통을 타는데 박이 거의 벌어지니 사당패,* 솔대패, 여러 물건이 꾸역꾸역 나오는데 사당패가 앞을 서서 나오며,

"난심아, 죽절아, 채선아, 옥남아!"

소고 진 놈, 장고 진 놈이 꾸역꾸역 나오더니 놀보 집 안마당에다 구경 자리 벌여 놓고 여러 사당거사들이 흥을 내어 노래한다.

"구경을 가자, 구경을 가잔다. 한라산도 백두산도 지리산도 들

* 사당패   절에 근거지를 두고 유랑하며 노래와 춤을 파는 무리

어가니 초가집 세 칸을 지었더라. 온갖 화초를 다 심었더라. 맨드라미 봉선화며 왜철쭉 진달래라. 여기도 심었고 저기도 심었구나. 강원도 금강산으로 구경을 가잔다. 에루화, 매화로구나."

놀보 놈이 기가 막혀,

"좋다. 잘 나왔다. 나오던 중 제일이다. 돈은 쓰는 돈이니, 나온 걸음에 잘들 놀아 보아라!"

이때 또다시 솔대패 한 패가 나오는데, 놀보 앞에다 솟대 세우고 훨씬 널리 터를 잡고 각종 악공 늘어서더니 해금 소리는 고개고개, 퉁소 소리는 띠루디, 타령 장단 칼춤에 번개 소고는 똥골똥골, 징, 꽹과리, 북장구를 신명 내어 짓뚜드리니 구경꾼이 가득 차더라.

이렇듯 뛰고 놀 적에, 이웃집에 열렸던 박 한 통이 몹시도 바빴던지 구시월 알밤 벌어지듯 저절로 딱 벌어지더니 각설이패 풍각쟁이* 초라니패가 또 나오는데, 각설이패가 앞을 서서 나오며 장타령을 하고 나오던 것이었다.

"뜨르르르르르르르, 들어왔소. 구름 같은 댁에 신선 같은 나그네 들어왔소! 뜨르르르 몰아 장타령, 흰 오얏꽃 옥과장, 누른 버들 김제장, 부부 화목하다 화순장, 나라 태평하고 곡식 잘되니 낙안장, 쑥 솟았다 고산장, 철철 흘러 장수장, 전라 충청 경상도 사람 모두 모여 금산장, 얼굴 예쁜 춘향이네 남원장, 십 리 오 리에 장성

* 풍각쟁이 문 앞에서 노래를 부르거나 악기를 연주하고 돈을 구걸하는 사람

장, 애고대고 곡성장, 오늘 가도 진안장이요, 코 풀었다고 홍덕장, 술은 있어도 무주장,* 술은 싱거도 전주장, 물을 타도 원주장, 탁주를 먹어도 청주장, 돈을 내도 공주장, 맨술을 먹어도 안주장, 어서 가자, 어서 가. 오란 곳은 없어도 우리네 갈 길은 바쁘요. 품파 품파 잘 헌다. 놀보 샌님! 쉬 가게 합쇼!"

한참 이리 노닐 적에 또 방정맞은 초라니가 구슬상모, 털벙거지, 되게 매인 통장구를 턱 밑에다 바싹 매고 경망을 떨고 나오는데.

꽁구락꽁꽁 꽁구락꽁꽁. "허 쒜! 통영 칠 둥근 밥상에 쌀이나 서너 말 떠다 놓고, 귀 가진 저고리, 단 가진 치마, 명실 복실 다 늘이고 나전* 천 냥을 받쳐 놓고, 신수 재수 고사나 올리고, 액이나 한번 막아 봅시다!" 꽁구락꽁꽁 꽁구락꽁꽁 꽁굴딱 꽁굴탁 꽁구락꽁꽁.

초라니패가 한참 이 방정을 떨고 난 후에 사당패, 솔대패, 풍각쟁이, 각설이패가 각각 천 냥씩 오천 냥을 내놓으라고 놀보 놈 잡죄는데,* 놀보 하릴없이 집문서까지 다 잡혀 오천 냥을 갖다 주니

* 각설이패가 앞을~있어도 무주장 장타령은 구걸하는 사람들이 시장이나 길거리를 돌아다니며 부르는 노래다. 진안장은 '지난 장', 즉 '오늘 가도 장이 지났다'는 뜻을 담은 언어유희고, 무주장은 전라북도 '무주茂朱'의 지명이 술이 없다는 '무주無酒'와 같은 발음이라는 점을 이용한 것이다. 여기 나오는 '주'는 모두 술을 말한다.
* 명실 복실, 나전 명실 복실은 오래 살고 복을 받기를 비는 실, 나전은 신이나 부처에게 복을 빌 때 그 사람의 나이대로 놓는 돈이다.
* 잡죄는데 독촉하는데

문밖에 나서면서 사라져 간 곳이 없더라.

놀보 악에 받쳐,

"무엇이 나오든지, 한 통 남은 것 마저 타 보자."

마저 한 통을 타려 할 제, 놀보 마누라 달려들어 박통 위에 엎더지며,

"제발 이 박 고만 타소! 전라 충청 경상 유명 우리 형편 하루아침에 다 없어지게 되었으니, 이 박을 또 탈 테면 내 허리마저 같이 켜소!"

대성통곡 울음을 우니 놀보도 무안해서,

"여보소들. 톱에 맨 줄 풀고 이 박통 갖다, 저 대문 밖에 갖다 버리소!"

톱질 일꾼 대답하고 줄 풀어버릴 제, 뜻밖에 박통 속에서,

"포문 열고 한 발 쏘라."

"예이!"

포 쏘는 소리가 꿍. 박통이 떡 벌어지며 한 대장이 나오는데 신장이 구 척이요, 얼굴이 먹 조각 같고, 표범 머리 제비턱에 고리눈, 다박수염, 황금 투구, 쇄짜 갑옷, 사모 장창*을 눈 위에 번뜻 들고 우레 같은 큰 소리를 벼락같이 뒤지르며,

---

* 제비턱, 쇄짜 갑옷, 사모 장창 두툼한 턱, 비늘 모양 쇳조각을 꿰어 만든 갑옷, 창끝이 뱀 머리처럼 세모로 된 긴 창

"네 이놈, 놀보 놈아! 네가 나를 모르리라. 천하가 말세 되어 삼국 시절 뒤숭숭할 제, 유비 관우 장비 세 영웅이 도원에서 결의하고, 한나라 왕실을 바로잡자 천하에 거리낌 없던 삼 형제 중 막내되고, 오호대장*에 둘째 되던 장익덕을 아느냐? 모르느냐? 목을 늘여 창 받아라!"

이렇게 호통하니 벼락이 떨어진 듯, 박타던 일꾼들이 정신없이 모두 도망하고 놀부는 혼비백산 기절해서 장군 앞에 남게 되었구나.

"네 이놈, 놀보야! 천하에 중한 것이 형제밖에 또 없거늘, 네놈은 웬 놈으로 친형제인 네 동생을 구박해 쫓아냈으며 평생에 행한 일이 남에게 못 할 일만 가려 가며 해 왔고, 더구나 날짐승 중 곡식에 해가 없고 사람 특히 따라 죄 없는 제비인데, 무리한 욕심으로 생다리를 꺾어 놓고 은혜받고자 원했으니 그 죄 어찌 용납하랴! 내 본시 생긴 모양 제비턱을 가졌기로 항상 제비를 사랑해서, 그 말을 들은 즉시 불꽃같은 내 성미에 제비 왕께 자원하고 네 죽이려 예 왔노라. 제비 다리 꺾어 놓듯 네 목도 오늘 꺾으리라!"

장창을 번쩍 들었으나, 놀보는 이미 뻗어버려 송장에 침주기로 아무 대답 없는지라.

---

* 오호대장 《삼국지》에 나오는 용맹한 다섯 장군. 관우, 장비(장익덕), 조운, 마초, 황충

극진한 위로에
사람 마음 되찾네

그때에 마당쇠가 진즉 홍보에게 달려가 이 말을 전했겠다. 홍보가 이 소식을 듣고 허둥지둥 달려와 장군 앞에 엎더지며,

"아이고, 장군님! 비나이다. 비나이다. 장군님 앞에 비나이다. 형의 죄가 만 번 죽어 아깝지 않으나 형제는 한 몸이온 바, 형이 만일 죽고 보면 한 조각 이 몸이 살아 무엇 하오리까? 홍보 놈도 마저 죽여 형의 뒤를 따르게 하옵소서."

장군이 이 말을 듣고 홍보를 바라보며 시름없이 창 내리고 눈물짓고 하는 말이,

"홍보 씨, 감격하오. 한나라 왕실 회복하려다 우리 둘째 형 관공께서 여몽의 간사한 계략에 별세하심이 나 죽은 혼이라도 하늘에 사무치는 한일러니, 오늘날 홍보 씨는 흉악한 그 형을 한결같이 공경하니 나도 둘째 형을 생각하매 흐르는 눈물 어찌할 바를 모르겠나이다."

흥보 손길을 부여잡고,

"못하겠소, 못하겠소. 쥐에게 돌 던지고자 하나 그릇 깰까 꺼린다더니, 흥보 씨의 덕행 앞에는 차마 이 분을 풀 수 없소."

눈물 흘리며 작별하고 두어 걸음 나서더니 사라져 간곳없네.

장군은 떠났으나 놀보는 영영 죽어 꽝꽝 얼은 동태 모양으로 전신이 이미 굳었는지라. 흥보가 큰 소리로 통곡하며 정신없이 저희 집으로 달려가 환혼주*를 가져다가 놀보 입에 떠 넣어 놓으니, 살살 맥이 돌아들어 다시 살아났구나. 놀보 간신히 정신 차려 가산을 둘러보니, 초상 치른 뒤도 아니요, 이루 말할 길이 없고, 먹을거리 쌀 한 줌과 엽전 한 푼이 없는지라. 놀보와 놀보 마누라 그제야 사람 마음이 들었던지, 얼굴을 바로 들어 흥보 내외도 못 바라보고 다시 그 자리에 엎더지더니, 저의 죄를 늘어놓으며 목 놓아 통곡을 하는구나.

놀보가 그날부터 기꺼이 개과천선해 충성스럽고 신의 있게 말하고 착실히 조심스럽게 행동하며 사람과 물건을 진실히 대한다. 흥보의 착한 마음 극진히 형을 위로하며, 저의 세간 반으로 나누어 형과 동생 서로 우애하고 공경하니, 지내는 모양 뉘 아니 부러워하며 뉘 아니 칭찬하리. 도원에 남은 의로운 기상 오래오래 빛났더라.

* 환혼주 죽은 사람을 살리는 술

그 뒤야 뉘 알리요? 할 말이 끝이 없으나, 고수 팔도 아플 것이
요, 소리꾼 목도 아플 지경이니, 어질더질.*

* 어질더질 판소리 끝에 쓰이는 말

경판 25장본

흥부전

심술궂은 놀부,
흥부를 내쫓다

화설.* 경상, 전라 양도 사이에 사는 사람이 있었으니 놀부는 형이요, 흥부는 아우라. 놀부는 심사心思 터무니없이 흉악해 부모 생전에 나누어 준 논밭을 홀로 차지하고, 흥부같이 어진 동생을 구박해 건넛산 언덕 밑으로 내쫓고, 나가며 조롱하고 들어가며 빈정거리니 어찌 아니 무지無知하리.

놀부 심사를 볼작시면 초상난 데 춤추기, 불붙은 데 부채질하기, 해산하는 데 개 닭 잡기, 장에 가면 억지 흥정하기, 집에서는 몹쓸 노릇하기, 우는 아이 볼기 치기, 갓난아이 똥 먹이기, 죄 없는 놈 뺨 치기, 빚값에 계집 뺏기, 늙은 영감 덜미 잡기, 아이 밴 계집 배 차기, 우물 밑에 똥 누기, 올벼 심은 논에 물 터놓기, 다 된 밥에 돌 퍼붓기, 패는 곡식 이삭 자르기, 논두렁에 구멍 뚫기, 호박에 말

---

* 화설   고전소설을 시작할 때나 장면이 바뀔 때 쓰는 표현. '그런데' 정도의 의미다.

뚝 박기, 곱사등이 엎어 놓고 발꿈치로 탕탕 치기, 심사가 모과나무의 아들[*]이라. 이놈의 심술은 이러하되, 집은 부자라 호의호식하는구나.

홍부는 집도 없어 집을 지으려고 집 재목 할 모양으로 겹겹이 푸른 산 들어가서 작은 나무, 큰 나무를 와드렁퉁탕 베어다가 안방, 대청, 행랑, 몸채, 안팎 나누는 문, 문지방에 모양 살창 가로닫이 입 구口 자로 지은 것이 아니라, 이놈은 집 재목을 하려고 수수밭 틈으로 들어가서 수숫대 한 뭇을 베어다가 안방, 대청, 행랑, 몸채 두루 짚어 아주 작은 집을 꽉 짓고 돌아보니, 수숫대 반 뭇이 그저 남았구나. 방 안이 넓든지 말든지 두 부부 드러누워 기지개 켜면 발은 마당으로 가고, 대가리는 뒤꼍으로 맹자 아래 대문[*] 하고 엉덩이는 울타리 밖으로 나가니 동리 사람이 출입하다가,

"이 엉덩이 불러들이소."

하는 소리, 홍부 듣고 깜짝 놀라 대성통곡 운다.

"애고 답답 설운지고. 어떤 사람 팔자 좋아 대광보국숭록대부大匡輔國崇祿大夫 삼정승과 육조 판서로 태어나서 크고 좋은 집에 부귀공명 누리면서 호의호식 지내는고. 내 팔자 무슨 일로 작은 오막집에 별빛이 빈 뜰에 희미하니 지붕 아래 별이 뵈고, 푸른 하

[*] 모과나무의 아들 모과나무처럼 마음이 뒤틀려 심술궂고 사나운 사람
[*] 맹자 아래 대문 눈이 보이지 않는 사람도 바로 찾을 정도로 있으나마나 한 문

늘에 찬 구름 끼어 가랑비 올 때면 많은 비가 방 안이라. 문밖에 가랑비 오면 방 안에 큰비 오고, 해어진 자리와 허름한 베잠방이, 찬 방에 헌 자리 벼룩 빈대 등이 피를 빨아 먹고, 앞문에는 살만 남고 뒷벽에는 외*만 남아 동지섣달 찬바람이 살 쏘듯 들어오고, 어린 자식 젖 달라고 자란 자식 밥 달라니 차마 서러워 못 살겠네."

가난한 중에 웬 자식은 밤마다 낳아서 한 서른남은 되니, 입힐 길이 전혀 없어 한 방에 몰아넣고 멍석으로 씌우고 대가리만 내놓으니 한 녀석이 똥이 마려우면 뭇 녀석이 함께 따라간다. 그 중에 값진 것을 다 찾는구나.

한 녀석이 나오면서,

"애고 어머니, 우리 열구자탕*에 국수 말아 먹었으면."

또 한 녀석이 나앉으며,

"애고 어머니, 우리 벙거지골* 먹었으면."

또 한 녀석이 내달으며,

"애고 어머니, 우리 개장국에 흰밥 조금 먹었으면."

또 한 녀석이 나오며,

"애고 어머니, 대추찰떡 먹었으면."

"애고 이 녀석들아, 호박국도 못 얻어먹는데, 보채지나 마려무

* 외   흙을 바르기 위해 벽 속에 엮어 넣은 나뭇가지
* 열구자탕   입을 즐겁게 하는 탕. 신선로에 고기와 생선, 채소 등을 넣고 끓인 것이다.
* 벙거지골   벙거지 모양 그릇에 끓인 전골

나.”

또 한 녀석이 나오며,

“애고 어머니, 왜 올해부터 불두덩이 가려우니 날 장가들여 주
오.”

이렇듯 보챈들 무엇 먹여 살려 낼꼬. 집안에 먹을 것이 있든지
없든지 소반이 네 발로 하늘에 빌고, 솥이 목을 매어 달렸고, 조리
가 턱걸이를 하고, 밥을 지어 먹으려면 달력을 보아 갑자일이면
한 끼씩 먹고, 생쥐가 쌀알을 얻으려고 밤낮 보름을 다니다가 다
리에 가래톳이 서 종기를 침으로 따고 앓는 소리에 동리 사람이
잠을 못 자니 어찌 아니 서러울까.

“아가 아가 울지 마라. 아무리 젖 달란들 무엇 먹고 젖이 나며,
아무리 밥 달란들 어디서 밥이 나랴.”

이렇게 달랠 때, 흥부는 마음이 어질고 후덕해 푸른 산에 흐르
는 맑은 물, 곤륜산 옥으로 만든 고리 같았다. 성인의 덕을 본받고
악인을 두려워하며 돈이나 물건에 탐이 없고 술과 여인에 무심하
니, 마음이 이러함에 부귀를 바랄쏘냐.

흥부 아내 하는 말이,

“애고 여봅소. 부질없는 청렴 맙소. 안자 단표*는 주리다가 삼

* 안자 단표 대나무 밥그릇에 담은 밥과 표주박에 든 물. 공자의 제자 안회(안자)의
  소박한 생활을 이르는 말이다.

십에 일찍 죽었고, 백이숙제는 주리다가 기생집 소년이 웃었으니, 부질없는 청렴 말고 저 자식들 굶겨 죽이겠으니 아주버님네 집에 가서 쌀이 되나 벼가 되나 얻어 옵소."

흥부가 하는 말이,

"나는 싫소. 형님이 음식 끝만 보아도 사촌을 몰라보고 똥 싸도록 때리는데, 그 매를 뉘 아들놈이 맞는단 말이오?"

"애고 동냥은 못 준들 쪽박조차 깰쏜가. 맞으나 아니 맞으나 쏘아나 본다고 건너가 봅소."

호된 구박에 설운지고

    흥부 이 말을 듣고 형의 집에 건너갈 때, 치장을 볼 것 같으면 편자 없는 헌 망건에 박 쪼가리 관자 달고, 물렛줄로 당끈 달아 대가리 터지게 동이고, 깃만 남은 중치막 동강 이은 헌 술띠를 가슴과 배 사이에 눌러 띠고, 떨어진 헌 홑바지에 청올치[*]로 대님 매고, 헌 짚신 감발하고, 다 떨어진 부채 손에 쥐고, 서 홉들이 작은 자루 꽁무니에 비슥 차고, 바람맞은 병자같이 잘 쓰는 빗자루같이 어슥비슥 건너 달아 형의 집에 들어가서, 전후좌우 바라보니 앞 노적 뒤 노적 멍에 모양 노적 담불담불 쌓였다. 흥부 마음은 즐거우나 놀부 심사는 흉악해서 형제끼리 내외하고 구박이 극심하니 흥부는 할 수 없이 뜰아래서 문안한다.

    놀부가 묻는 말이,

---

[*] 청올치 칡의 속껍질로 꼰 노끈

"네가 뉜고?"

"내가 흥부요."

"흥부가 뉘 아들인가?"

"애고 형님, 이것이 웬 말이오? 비나이다, 형님 앞에 비나이다. 세 끼 굶어 누운 자식 살려 낼 길 전혀 없으니, 쌀이 되나 벼가 되나 좌우간에 주시면 품을 판들 못 갚으며 일을 한들 헛될쏜가. 부디 옛일을 생각하여 사람을 살려 주오."

애걸하니 놀부 놈의 거동 보소. 성낸 눈을 부릅뜨고 볼을 치며 호령하되,

"너도 염치없다. 내 말을 들어 보아라. 하늘은 먹고살 게 없는 사람은 내지 않는다 하고, 땅 위 모든 것은 이름을 가지고 있다 하니, 네 복을 누굴 주고 나를 이리 보채느냐? 쌀이 많이 있다 한들 너 주자고 노적을 헐며, 벼가 많이 있다 한들 너 주자고 섬을 헐며, 돈이 많이 있다 한들 돈궤에 가득 든 것을 문을 열며, 의복이나 주자 한들 집안이 고루 벗었거늘 너를 어찌 주며, 찬밥이나 주자 한들 새끼 낳은 검은 암캐 부엌에 누웠거늘 너 주자고 개를 굶기며, 지게미나 주자 한들 겹겹이 둘러친 우리 안에 새끼 낳은 돼지가 누웠으니 너 주자고 돼지를 굶기며, 겻섬이나 주자 한들 큰 소가 네 필이니 너 주자고 소를 굶기랴. 염치없다, 흥부 놈아."

하고 주먹을 불끈 쥐어 뒤통수를 꽉 잡으며, 몽둥이를 지끈 꺾어 손 빠른 스님이 매질하듯 상좌승이 법고 치듯 아주 쾅쾅 두드

리니 흥부 울며 하는 말이,

"애고 형님, 이것이 웬일이오. 무례하고 건방진 도척이도 이보다는 성현이요, 무거불측無據不測 관숙*이도 이보다는 군자로다. 우리 형제 어찌 이다지도 극악한가."

탄식하고 돌아오니 흥부 아내 거동 보소. 흥부 오기를 기다리며 우는 아기 달랠 때 물레질을 하며,

"아가 아가, 울지 마라. 어제저녁 김동지 집 용정방아 찧어 주고 쌀 한 되 얻어다가, 너희들만 끓여 주고 우리 부부 어제저녁부터 이때까지 그저 있다. 윙윙윙 너 아버지 저 건너 아주버니 집에 가서 돈이 되나 쌀이 되나 좌우간에 얻어 오면, 밥을 짓고 국을 끓여 너도 먹고 나도 먹자, 울지 마라. 윙윙윙."

아무리 달래어도 악을 쓰며 보채는구나. 흥부 아내 할 수 없이 흥부 오기만 기다릴 때 의복 치장 볼작시면, 깃만 남은 저고리에다 떨어진 누비바지 몽당치마 떨쳐입고, 목만 남은 헌 버선에 뒤축 없는 짚신 신고, 문밖에 썩 나서며 머리 위에 손을 얹고 기다릴 때, 칠 년간 가문 데 비 오기 기다리듯, 구 년간 장마 진 데 볕 나기 기다리듯, 제갈량 칠성단에 동남풍 기다리듯, 강태공 위수에서 시절 기다리듯, 만 리 전쟁터에 승전하기 기다리듯, 어린아이 경풍

---

* 무거불측 관숙 마음이 흉악한 관숙. 관숙은 중국 주나라 문왕의 셋째 아들로, 형 무왕이 죽은 뒤 난을 일으켰다가 처형되었다.

에 의원 기다리듯, 독수공방에 낭군 기다리듯, 춘향이 죽게 되어 이 도령 기다리듯, 과년한 처녀 시집가기 기다리듯, 삼십 넘은 총 각 장가가기 기다리듯, 시험장 들어가서 과거 하기 기다리듯, 세 끼 굶어 누운 자식은 흥부 오기 기다린다.

"애고애고 설운지고."

흥부 울며 건너오니 흥부 아내 내달아 두 손목을 덥석 잡고,

"울지 마오, 어찌하여 우시오. 형님 앞에 말하다가 매를 맞고 건 너왔나. 문을 나가 바라보니 허위허위 오는 사람이 몇몇이나 날 속인고. 어찌하여 이제 오시오."

흥부는 어진 사람이라 하는 말이,

"형님이 서울 가고 아니 계시기에 그저 왔네."

"그러하면 저것들을 어찌하자는 말이오. 짚신이나 삼아 팔아 자식들을 살려 내시오. 짚이 없으면 저 건너 장자* 집에 가서 얻어 보시소."

---

* 장자 큰 부자

매품도 못 파는 신세

흥부 거동 보소. 장자 집에 가서,

"장자님 계시오?"

"게 누군고?"

"흥부요."

"흥부가 어찌 왔노?"

"장자님 편히 계시옵니까?"

"자네는 어찌 지내는가?"

"지내려 하니 오죽하겠소. 짚 한 뭇만 주시면 삼아 팔아 자식들을 살리겠소."

"그리하소. 불쌍하이."

하고 종을 불러 좋은 짚으로 서너 뭇 갖다가 주니 흥부가 짚을 가지고 건너와서 짚신을 삼는다. 한 죽에 서 돈 받고 팔아 양식을 사서 밥 지어 처자식과 먹은 후에, 그리해도 살길 없어 흥부 아내

하는 말이,

"우리 품이나 팔아 봅시다."

흥부 아내 품을 팔 때, 용정방아 키질하기, 술집에 술 거르기, 초상집에 제복 짓기, 제삿집에 그릇 닦기, 굿하는 집에 떡 만들기, 언 손 불며 오줌 치우기, 얼음 풀리면 나물 뜯기, 봄보리 갈아 보리 놓고, 온갖 품을 팔고.

흥부는 정이월에 가래질하기, 이삼월에 농사짓기, 일등 논밭 모 심은 논 갈기, 입하立夏 전에 목화 갈기, 이 집 저 집 이엉 엮기, 더운 날에 보리 치기, 비 오는 날 멍석 걷기, 가까운 산 먼 산 땔감 베기, 무곡 주인* 짐 져 주기, 각 읍 주인 삯길 가기, 술만 먹고 말에 짐 싣기, 오 푼 받고 말편자 박기, 두 푼 받고 똥재 치기, 한 푼 받고 빗자루 매기, 밥 먹기 전 마당 쓸기, 저녁에 아이 만들기, 온갖 일을 다 해도 끼니가 간데없네.

이때 흥부 사는 읍의 김 좌수가 흥부를 불러 하는 말이,

"돈 삼십 냥을 줄 것이니, 내 대신으로 감영에 가 매를 맞고 오라."

흥부 생각하되,

'삼십 냥을 받아 열 냥어치 양식 팔고, 닷 냥어치 반찬 사고, 닷 냥어치 나무 사고, 열 냥이 남거든 매를 맞고 와서 몸조리를 하리라.'

* 무곡 주인 곡식을 사고파는 상인

하고 감영으로 가려 할 제 흥부 아내가 하는 말이,

"가지 마오. 부모 혈육을 가지고 매삯이란 말이 웬 말이오."

아무리 말려도 끝내 듣지 아니하고 감영으로 내려가더니, 안되는 놈은 자빠져도 코가 깨진다고 마침 나라에서 사면이 내려 죄인을 풀어 주시니, 흥부는 매품도 못 팔고 그저 온다.

흥부 아내 내달아 하는 말이,

"매를 맞고 왔소?"

"아니 맞고 왔소."

"애고 좋소. 부모가 남긴 몸, 매품이 무슨 말이오."

흥부가 울며 하는 말이,

"애고애고 설운지고. 매품 팔아 여차여차하자 하였더니, 이를 어찌하잔 말인고."

흥부 아내 하는 말이,

"울지 마오. 제발 울지 마오. 제사 받드는 자손 되어 나서 금화금벌禁火禁伐*은 뉘라 하며, 안주인 되어 나서 낭군을 못 살리니 여자 행실 참혹하고, 있는 자녀를 못 챙겨 어미 도리도 못하니 이를 어찌할꼬. 애고애고 설운지고. 피눈물이 얼룩무늬 대나무 되던 아황 여영의 설움이요, 조각가 지어내던 우마시의 설움이요, 반야산 바위틈에 숙 낭자의 설움*을 적자 한들 어느 책에 다 적으

---

* 금화금벌 산에서 불 피우고 나무 베는 것을 금지한다.

며, 드넓은 푸른 바다 굽이굽이 흐르는 물을 말로 셈할 양이면 어느 말로 다 되며, 높고 넓은 하늘을 자로 재려 한들 어느 자로 다 잴까. 이런 설움 저런 설움 다 후려쳐 버려두고 이제 나만 죽고 지고.”

두 주먹을 불끈 쥐어 가슴을 쾅쾅 두드리니 흥부 역시 슬퍼 하는 말이,

“울지 마소. 안연 같은 성인도 안빈낙도安貧樂道* 하였고, 부암의 담쌓던 부열이도 무정을 만나 재상이 되었고, 신야에서 밭 갈던 이윤이도 은탕을 만나 귀히 되었고, 한신 같은 영웅도 초년 고생하다가 한나라 대장군이 되었으니 어찌 아니 거룩하오. 우리도 마음만 옳게 먹고 되는 때를 기다려 봅시다.”

---

* 반야산 바위틈에 숙 낭자의 설움   고전소설《숙향전》의 주인공 숙향이 반야산 바위틈에 숨어 도적을 피하던 일
* 안빈낙도   가난한 생활을 하면서도 편안한 마음으로 도를 지킨다.

은혜 갚는 박씨를 얻다

그달 저 달 다 지내고 봄철이 돌아오니, 흥부가 이왕 학식이 있는지라. 수숫대로 지은 집에 입춘 글을 써 붙이되 글자를 풀어 붙여 놓았다. 겨울 동冬 자 갈 거去 자 천지간에 좋을시고. 봄 춘春 자, 올 래來 자, 나무는 우거지고 풀은 향기로운데 날 비飛 자, 우는 것은 짐승 수獸 자, 나는 것은 새 조鳥 자, 소리개가 하늘로 날아오른다 하니 소리개 연鳶 자, 오색 의관 꿩 치雉 자, 달이 삼경*에 꽃 위로 넘실거릴 때 슬피 우는 두견 견鵑 자, 쌍쌍이 오가는 제비 연燕 자, 인간 만물 찾을 심尋 자, 이 집으로 들 입入 자, 일월도 박식하고 음양도 소생커든, 하물며 인간이야 소식인들 없을쏘냐.

삼월 삼일 다다르니 소상강 떼기러기 가노라 하직하고 강남서 나온 제비 왔노라 나타날 때, 오대양에 앉았다가 이리저리 날며

---

* 삼경　밤 11시~새벽 1시

넘놀면서 흥부를 보고 반겨 좋을 호好 자 지저귀니, 흥부가 제비를 보고 경계하는 말이,

"크고 좋은 집 많건마는 수숫대 집에 와서 네 집을 지었다가 오뉴월 장마에 털썩 무너지면 그 아니 낭패겠느냐."

제비가 듣지 않고 흙을 물어 집을 짓고, 알을 안아 깬 후에 날기 공부 힘쓸 때 뜻밖에 큰 구렁이 들어와서 제비 새끼를 있는 대로 먹으니 흥부가 깜짝 놀라 하는 말이,

"흉악한 저 짐승아. 기름진 음식 많건마는 죄 없는 저 새끼를 다 잡아먹으니 악착스럽다. 제비 새끼 은나라 대성황제 낳아 계시고,* 기름진 고기나 곡식을 먹지 않고 살아가니 인간에게 해가 없고, 옛 주인을 찾아오니 제 뜻이 다정하되, 제 새끼가 이제 다 앞서 죽는 것을 보니 어찌 아니 불쌍할까. 저 짐승아, 한나라 고조 유방의 용천검에 붉은 피가 솟아오를 때, 백제의 영혼인가* 크기도 크구나. 영주광야 너른 뜰에 숙 낭자에게 해 입히던 풍사망의 큰 구렁인가 머리도 흉악하다."

이렇듯 경계할 제 뜻밖에 제비 새끼 하나가 공중에서 뚝 떨어져 대나무 발 틈에 발이 빠져 두 발목이 자끈 부러져 피를 흘리고

---

* 대성황제 낳아 계시고　대성황제는 중국 은나라의 시조로 전해지는 설契을 말한다. 설은 그 어머니가 제비의 알을 삼키고 낳았다고 한다.
* 한나라 고조 ~ 백제의 영혼인가　유방이 백제의 아들인 구렁이를 베어 죽였다는 전설이 있다.

발발 떨거늘, 흥부가 보고 펄떡 뛰어 달려들어 제비 새끼를 손에 들고 불쌍히 여겨 하는 말이,

"불쌍하다, 이 제비야. 은나라 왕 성탕의 은혜 미쳐 금수를 사랑하여 다 길러 내었더니, 이 지경이 되었으니 어찌 아니 가련할까. 여봅소, 아기 어미. 무슨 명주실 있소?"

"아이고, 굶기를 부자 밥 먹듯 하며 무슨 명주실이 있단 말이오?"

하고 천만뜻밖의 실 한 닢 얻어 주거늘, 흥부가 칠산 조기 껍질을 벗겨 제비 다리를 싸고 실로 찬찬 동여 찬 이슬에 얹어 둔다. 십여 일 지난 후 다리 튼튼해져 제 곳으로 가려 하고 하직할 제 흥부가 슬퍼 하는 말이,

"먼 길에 잘 가고 내년 삼월에 다시 보자."

하니 저 제비 거동 보소. 거센 바람에 깃털을 나부끼며 몸을 날려 흰 구름 비웃으며 밤낮으로 날아 강남에 이르니 제비 황제 보고 묻되,

"너는 무슨 일로 저느냐?"

제비 여쭙기를,

"소신의 부모가 조선에 나가 흥부의 집에다가 집을 짓고 소신 등 형제를 낳았더니, 뜻밖에 큰 구렁이에게 변을 당해 소신의 형제는 다 죽고, 소신이 홀로 죽지 않으려고 바르작거리다가 뚝 떨어져 두 발목이 자끈 부러져 피를 흘리고 발발 떠온즉, 흥부가 여

차여차하여 다리 부러진 것이 예전같이 나아 이제 돌아왔사오니 그 은혜를 십분의 일이라도 갚기를 바라나이다."

제비 황제가 하교하되,

"그런 은공을 몰라서는 행세치 못할 짐승이라. 네 박씨를 갖다 주어 은혜를 갚으라."

제비가 은혜에 감사하고 박씨를 물고 삼월 삼일이 다다르니, 제비 허공에 떠서 여러 날 만에 흥부 집 이르러 넘놀 적에, 북해 흑룡이 여의주를 물고 고운 구름 사이에 넘노는 듯, 단산 봉새가 대나무 열매 물고 오동나무에 넘노는 듯, 봄바람에 꾀꼬리가 나비를 물고 버드나무 사이에 넘노는 듯 이리 갸웃 저리 갸웃 넘노는 것, 흥부 아내가 잠깐 보고 흐뭇해서 하는 말이,

"여봅소, 지난해 갔던 제비가 무엇을 입에 물고 와서 넘노네요."

이렇게 말할 때 제비가 박씨를 흥부 앞에 떨어뜨리니, 흥부가 집어 보니 한가운데 보은표報恩瓢* 라 금빛 글자로 새겼다.

흥부 하는 말이,

"수안의 뱀이 구슬을 물어다가 살린 은혜를 갚았으니,* 저도 생각하고 나를 갖다가 주니 이것이 또한 보배로다."

---

* 보은표   은혜 갚는 박
* 수안의 뱀이 ~ 은혜를 갚았으니   중국 춘추 시대 수후라는 사람이 뱀의 상처를 치료해 준 덕으로 보배로운 구슬을 얻었다는 고사가 있다.

흥부 아내 묻는 말이,

"그 가운데 누르스름한 것이 아마 금인가 보오."

흥부가 대답하되,

"금은 이제 없나니, 초한 때 진평이가 범아부를 쫓으려고 황금 사만 근을 흩었으니 금은 이제 씨가 말랐네."

"그러하면 옥인가 보오."

"옥도 이제는 없나니, 곤륜산에 불이 나서 옥석이 모두 타버렸으니 옥도 이제 없네."

"그러하면 야광주인가 보오."

"야광주도 이제는 없나니, 제위왕이 위혜왕의 수레 열두 대에 실린 야광주를 보고 깨버렸으니 야광주도 이제 없네."

"그러하면 유리 호박인가 보오."

"유리 호박도 이제는 없나니, 주세종이 재물을 탐할 때 당나라 장갈이가 술잔을 만드느라 다 들였으니 유리 호박도 이제 없네."

"그러하면 쇠인가 보오."

"쇠도 이제는 없나니, 진시황이 위엄으로 아홉 주의 쇠를 모아 사람 모양 상을 열둘 만들었으니 쇠도 없네."

"그러하면 대모 산호인가 보오."

"대모 산호도 없나니, 바다거북 등껍질은 병풍이고 산호수는 난간이라. 남해 용왕이 불문佛門에 수궁 보물을 다 드렸으니 이제는 없네."

"그러하면 무엇인고."

제비가 내달아 하는 말이,

"건지연지뇌지조지부지*요."

흥부가 내달아 하는 말이,

"옳다, 이것이 박씨로다."

하고 날을 보아 동편 처마 담장 아래 심어 두었더니, 삼사일에
순이 나서 마디마디 잎이 나고 줄기줄기 꽃이 피어 박 네 통이 열
렸는데, 고마 수영의 전선戰船같이 대동강 위 목조선같이 덩그렇
게 달렸구나.

* 건지연지뇌지조지부지　제비 울음소리를 해학적으로 흉내 낸 의성어

슬근슬근 톱질이야

　흥부가 반갑게 여겨 문자로 말하기를,

　"유월에 꽃이 떨어지니 칠월에 열매가 맺혔구나. 큰 것은 항아리 같고 작은 것은 동이와 같다. 어찌 아니 좋을까. 여봅소, 비단이 한 끼라* 하니 한 통을 따서 속일랑 지져 먹고 바가지는 팔아 쌀을 팔아다가 밥을 지어 먹어 보세."

　흥부 아내 하는 말이,

　"그 박이 유명하니 한로寒露를 아주 마쳐 실해지거든 따 봅세."

　그달 저 달 다 지나가고 팔구월이 다다라서 아주 속이 차 보이니, 박 한 통을 따 놓고 부부가 켠다.

　"슬근슬근 톱질이야, 당기어 주소 톱질이야. 추운 달밤 북창에

---

*　비단이 한 끼라　호화롭게 살다가도 가난해지면 아무리 귀중한 것도 밥 한 끼와 바꾸게 된다는 뜻

서 일하는 소리 그치지 않았는데 동자박도 좋도다. 자손들이 만세와 영화를 누리는데 세간박도 좋도다. 슬근슬근 톱질이야."

툭 타 놓으니 오색구름이 일어나며 푸른 옷 입은 동자 한 쌍이 나오는데, 저 동자 거동 보소. 만일 봉래에서 학을 부르던 동자가 아니라면 틀림없이 천태산에서 약초 캐는 동자로구나. 왼손에 유리 접시 오른손에 대모 접시 눈 위에 높이 들어 두 번 절하고 하는 말이,

"천은병에 넣은 것은 죽은 사람 살려 내는 환혼주요, 백옥병에 넣은 것은 소경 눈 뜨이게 하는 개안주요, 금종이로 봉한 것은 벙어리 말하게 하는 개언초요, 대모 접시에 불로초요, 유리 접시에는 불사약이니, 값으로 말하자면 억만 냥이 넘사오니 팔아서 쓰옵소서."

하고 간데없는지라, 흥부 거동 보소.

"얼씨고 절씨고 즐겁도다. 세상에 부자 많다 한들 사람 살리는 약이 있을쏘냐."

흥부 아내 하는 말이,

"우리 집 약국 차린 줄 알고 약 사러 올 사람 없고, 아직 효험 빠르기는 밥만 못하오."

흥부 말이,

"그러하면 저 통에 밥이 들었나 타 봅시다."

하고 또 한 통을 탄다.

"슬근슬근 톱질이야, 우리 가난하기 동네에 유명해 밤낮으로 서러워하더니, 부지허명不知虛名* 고대하던 천 냥 하루아침에 얻었으니 어찌 아니 좋을까. 슬근슬근 톱질이야, 어서 타세 톱질이야."

툭 타 놓으니 온갖 세간이 들었는데, 자개 함롱, 반닫이, 용장, 봉장, 제두주, 자물쇠 달린 삼층장, 계자다리 옷걸이, 쌍용 그린 빗접고비, 용두머리, 장목비, 놋촛대, 등장걸이, 요강, 타구 벌여 놓고, 비단 이불 비단 요에 원앙금침 잣베개를 쌓아 놓고, 사랑 물건 볼 것 같으면 용목 쾌상, 벼룻집, 화류 책장, 가께수리, 용연 벼루, 앵무 연적 벌여 놓고,《천자문》《유합》《동몽선습》《사략》《통감》《논어》《맹자》《시전》《서전》《소학》《대학》등 책을 쌓았고, 그 곁에 안경, 석경, 화경, 육칠경, 각색 필묵 퇴침에 들어 있고, 부엌 물건 말하자면 노구새옹, 곱돌솥, 왜솥, 전솥, 통노구, 무쇠 두멍 다리쇠 받쳐 있고, 왜화기, 당화기, 동래 반상, 안성 유기 등 기물이 찬장에 들어 있고, 함박, 쪽박, 이남박, 항아리, 옹배기, 동체, 깁체, 어레미, 김칫독, 장독, 가마, 승교 등 기물이 꾸역꾸역 나오니 어찌 아니 좋겠는가.

또 한 통을 탄다.

"슬근슬근 톱질이야. 우리 일을 생각하니 엊그제가 꿈이로다.

* 부지허명 헛된 명성을 알지 못한다는 의미다.

부지허명 고대하던 천 냥 하루아침에 얻었으니 어찌 아니 즐거우랴. 슬근슬근 톱질이야."

툭 타 놓으니 목수와 오곡이 나온다. 명당에 집터를 닦아 안방, 대청, 행랑, 몸채, 안팎 나누는 문, 문지방에 모양 살창 가로닫이 입 구口 자로 지어 놓고, 앞뒤 정원, 마구, 곳간 따위를 좌우에 벌여 짓고, 양지에 방아 걸고 음지에 우물 파고, 울타리 안에 벌통 놓고 울타리 밖에 원두* 놓고 온갖 곡식 다 들었다. 동편 곳간에 벼 오천 석, 서편 곳간에 쌀 오천 석, 콩팥 잡곡 오천 석, 참깨 들깨 각 삼천 석 따로 노적 쌓아 놓고, 돈 십만 구천 냥은 금고 안에 쌓아 두고, 날마다 쓸 돈 오백 열 냥은 벽장 안에 넣어 두고, 온갖 비단 다 들었다.

모단, 대단, 이광단, 궁초, 숙초, 쌍문초, 제갈 선생 와룡단, 조자룡 상사단, 뭉게뭉게 운문대단, 또드락꿉벅 말굽장단, 대천 바다 자개문장단, 해 돋았다 일광단, 달 돋았다 월광단, 요지왕모 천도문, 구십춘광 명주문, 엄동설한 육화문, 대접문, 완자문, 한단, 영초단 각색 비단 한 필이 들어 있고, 길주 명천 좋은 베, 회령 종성 고운 베 등 온갖 베와 한산 모시, 장성 모시, 계추리 황저포 등 모든 모시와 고양 화전 이 생원 맏딸이 보름 만에 마쳐 내는 관대 하세목, 송도 야다리목, 강진내이 황주목, 의성목 한편에 들어 있고, 말

* 원두 밭에 심어 기르는 오이, 참외, 수박, 호박 따위를 통틀어 이르는 말

처럼 큰 사내종과 열쇠 같은 아이종과 앵무 같은 계집종이 나며 들며 심부름하고, 뿔이 굽은 소, 뿔이 젖혀진 소, 발굽 흰 말, 눈망울 큰 말 우억지역 실어 들여서 앞뜰에도 노적이요, 뒤뜰에도 노적이요, 안방에도 노적이요, 마루에도 노적이요, 부엌에도 노적이요 담불담불 노적이라, 어찌 아니 좋을까.

흥부 아내 좋아라고,

"여봅소, 당신이나 내나 옷이 없으니 비단으로 온몸을 감아 봅시다."

덤불 밑에 조그만 박 한 통을 따서 켜려 하니 흥부 아내가 하는 말이,

"그 박일랑 켜지 마시오."

흥부가 대답한다.

"내 복에 있는 것이니 켜겠네."

손으로 켜 내니 어여쁜 계집이 나오며 흥부에게 절을 한다.

흥부 놀라 묻는 말이,

"뉘라 하시오?"

"내가 비요."

"비라 하시니 무슨 비요?"

"양귀비요."

"그러하면 어찌하여 왔소?"

"강남 황제가 나더러 그대의 첩이 되라 하시기에 왔으니 귀히

보소서.”

흥부는 좋아하되 흥부 아내가 내색하며 하는 말이,

“애고 저 꼴을 누가 볼까. 내 전부터 켜지 말자 했지.”

하며 이렇듯 호의호식 태평히 지낼 제 놀부 놈이 흥부가 잘산단 말을 듣고 생각하기를,

‘건너가 이놈을 을러대면 반은 나를 주리라.’

하고 흥부 집에 들어가지 아니하고 문밖에 서서,

“이놈 흥부야.”

흥부 대답하고 나와 놀부의 손을 잡고 하는 말이,

“형님 이것이 웬일이오. 형제끼리 내외한단 말은 이웃 나라에서도 들어 보지 못했으니 어서 들어갑시다.”

놀부 놈이 떨뜨리며* 하는 말이,

“네가 요사이 밤이슬을 맞는다 하더구나.”

흥부가 어이없어 하는 말이,

“밤이슬이 무엇이오?”

놀부 놈이 대답하되,

“네 도적질한다는구나.”

흥부가 하는 말이,

“형님, 그것이 웬 말이오?”

---

* 떨뜨리며   위세를 드러내 뽐내며

하고 전후사연을 일일이 말하니 놀부가 다 듣고,

"그러하면 들어가 보자."

안으로 들이달아 보니 양귀비가 나와 뵈거늘 놀부가 보고 하는 말이,

"웬 부인이냐?"

흥부가 곁에 있다가 대답하되,

"내 첩이오."

"어따 이놈 네게 웬 첩이 있으리오. 날 다오."

화초장을 보고,

"저것이 무엇이냐?"

"그게 화초장이오."

"날 다오."

"애고, 손도 대 보지 아니했소."

"이놈아, 네 것이 내 것이요, 내 것이 네 것이요, 내 계집이 네 계집이요, 네 계집이 내 계집이라."

"그러하면 종을 시켜 보내리다."

"이놈 네게 종이 있단 말이냐? 어서 질빵* 걸어 다오. 내 지고 가마."

"그러하면 그러시지요."

---

* 질빵 짐을 질 수 있도록 물건에 연결한 줄

질빵 걸어 주니 놀부가 짊어지고 간다. 화초장을 생각하며 '화초장 화초장' 하면서 가더니 개천 건너뛰다 잊어버리고 '간장인가! 초장인가!' 하며 집으로 오니 놀부 아내 묻는 말이,

"그것이 무엇이온고?"

"이것 모르겠나?"

"아이고, 모르니 무엇인지."

"분명 모르겠나?"

"저 건너 양반의 집에서 화초장이라 하던데."

"내 아까부터 화초장이라 하였지."

제비 원수 갚는 박씨

놀부 놈 거동 보소. 동지섣달부터 제비를 기다린다. 그물 막대 둘러메고 제비를 몰러 갈 제, 한 곳을 바라보니 한 짐승이 떠들어온다.

놀부 놈이 보고,

"제비 인제 온다."

하고 보니 태백산 갈가마귀 차돌도 돌도 바이* 못 얻어먹고 주려 푸른 하늘에 높이 떠 갈곡갈곡 울고 가니, 놀부가 눈을 멀겋게 뜨고 보다 할 수 없이 동네 집으로 다니면서 제비를 제집으로 몰아들이되 제비가 아니 온다.

그달 저 달 다 지내고 삼월 삼일 다다르니 강남서 나온 제비 옛집을 찾으려 오락가락 넘놀 적에, 놀부가 사면에 제비 집을 지어

* 바이   아주 전혀

146

놓고 제비를 들이몬다. 그중 팔자 사나운 제비 하나가 놀부 집에 흙을 물어 집을 짓고 알을 낳아 안으려 할 제, 놀부 놈이 밤낮으로 제비 집 앞에 대령해 가끔가끔 만져 보니 알이 다 곯고 다만 하나가 깨었는지라. 날기 공부 힘쓸 때 구렁이가 아니 오니 놀부는 민망 답답해서 제 손으로 제비 새끼를 잡아 내려 두 발목을 자끈 부러뜨리고 제가 깜짝 놀라 이르는 말이,

"가련하다, 이 제비야."

하고 조기 껍질을 얻어 찬찬 동여 뱃사람 닻줄 감듯 삼층 얼레 연줄 감듯 해서 제 집에 얹어 두었더니, 십여 일 후 그 제비 구월 구일 되어 두 날개를 펼쳐 강남으로 들어간다. 강남 황제 각지 제비를 점고할 제, 이 제비가 다리 절고 들어와 엎드리니 황제가 여러 신하로 하여금 그 연고를 사실대로 아뢰라 하시니 제비 아뢰되,

"작년에 웬 박씨를 내어보내 흥부가 부자 되었다 하여 그 형 놀부 놈이 나를 여차여차하여 절뚝발이가 되게 하였사오니, 이 원수를 어찌하여 갚고자 하나이다."

황제 이 말을 들으시고 크게 놀라 말하기를,

"이놈 이제 논밭 재물이 넉넉하되 형제를 모르고 오륜에서 벗어난 놈을 그저 두지 못할 것이요, 또한 네 원수를 갚아 주리라."

박씨 하나를 보수표報讐瓢* 라 금글자로 새겨 주니, 제비가 받아

---

*　보수표　원수 갚는 박

가지고 다음 해 삼월을 기다려 푸른 하늘을 무릅쓰고 흰 구름 박차 날개를 부처 높이 떠 높은 봉 낮은 뫼를 넘으며, 깊은 바다 너른 시내며, 개골창 작은 돌바위를 훨훨 넘어 놀부 집을 바라보고 너울너울 넘논다. 놀부 놈이 제비를 보고 반가워할 제, 제비가 물었던 박씨를 툭 떨어뜨리니, 놀부 놈이 집어 보고 기뻐하며 뒷담 처마 밑에 거름 놓고 심었더니 사오일 후에 순이 나서 넝쿨이 뻗어 마디마디 잎이요, 줄기줄기 꽃이 피어 박 십여 통이 열리니 놀부 놈이 하는 말이,

"흥부는 세 통을 가지고 부자 되었으니, 나는 큰 부자 되리로다. 석숭을 행랑에 넣고 예황제 부러워할 개아들 없다."[*]

하고 손을 꼽아 팔구월을 기다린다.

[*] 석숭을 ~ 없다 석숭 같은 큰 부자를 하인으로 삼고 하는 일 없이 호의호식하며 살 겠다는 뜻

둥덩둥덩 생난장

때 되어 박을 켜라 하고 김 목수 이 목수 동리 머슴 이웃 총각 건넛집 쌍언청이를 다 청해 삯을 주고 박을 켤 때, 째보 놈이 한 통의 삯을 정하고 켜자 하니 놀부 마음이 흐뭇해서 매 통에 열 냥씩 정하고 박을 켠다.

"슬근슬근 톱질이야."

힘써 켜고 보니 한 떼의 가얏고쟁이가 나오며 하는 말이,

"우리 놀부 인심이 좋고 풍류를 좋아한다기에 놀고 가옵네."

둥덩둥덩 둥덩둥덩 하거늘 놀부가 이것을 보고 째보를 원망하는 말이,

"톱도 잘 못 당기고 네 콧소리에 보화가 변하였는가 싶으니 소리를 일체 하지 마라."

하니 째보 삯 받아야겠기에 한 말도 못하고 그리하라 한다.

한편 놀부가 돈 백 냥을 주어 보내고 또 한 통을 타고 보니 무수

한 노승이 목탁을 두드리며 나와 하는 말이,

"우리는 강남 황제 원당* 시주승이라."

놀부 놈이 어이없어 돈 오백 냥을 주어 보내니 째보 하는 말이,

"지금도 내 탓이냐?"

하고 이죽거리니 놀부가 이 형상을 보고 원통하고 분해 홧김에 또 한 통을 따 온다.

놀부 아내 하는 말이,

"제발 켜지 마오. 그 박을 켜다가는 패가망신할 것이니 켜지 마오."

놀부 놈이 하는 말이,

"보잘것없는 계집이 무슨 일을 아는 체하며 방정맞게 날뛰는가."

하며 또 켜고 보니 방울 소리가 나며 상제 하나가 나온다.

"어이어이 이보시오 벗님네야, 통 자 운을 달아 박을 헤리라. 헌 원씨가 만든 배를 타고 가니 이제 소식 불통不通하고, 대성현 칠십 제자가 육례에 능통하니 높고 높은 도통이라. 제갈량의 능통지략 천문을 상통지리 달통하기는 한나라 방통이요, 당나라 굴돌통 글강의 순통이요, 호반의 전통통이요, 강릉 삼척 꿀벌통, 속이 답답 흉복통, 호란의 입식통, 도감 포수 화약통, 아기 어미 젖통, 다 터

---

* 원당 죽은 사람의 명복을 빌기 위한 법당

150

진다 놀부의 애통이야. 어서 타라, 이놈 놀부야. 네 상전이 죽었으니 네 안방을 치우고 제물을 차려라."

하며 애고애고 하거늘 놀부가 하릴없어 돈 오천 냥을 주어 보내고 또 한 통을 타고 보니 팔도 무당이 나오며 각종 소리하고 뭉게뭉게 나오는데,

"청유리라 황유리라 곱게 차린 젊은 남자 서 계신 데 무진 각시가 노소서. 밤은 다섯 낮은 일곱 유리 여섯 사십 용왕 팔만 황제 노소서. 내 집 성주는 기와집 성주요, 네 집 성주는 초가집 성주, 집 안마다 망태기 성주, 오두막 성주, 집동* 성주가 철철이 노소서. 초년 성주 열일곱, 중년 성주 스물일곱, 마지막 성주 쉰일곱, 성주 삼위가 노소서."

또 한 무당이 소리하기를,

"성황당 뻐꾸기야, 너는 어이 우짖나니, 속 빈 회양목에 새잎 나라 우짖노라. 새잎이 이울어지니 속잎 날까 하노라. 넋이야 넋이로다. 녹양산 앞 한 해 저물어 영영 세상 이별하니 정해진 운수 없는 길이로다. 어화 제석 대함 제석 소함 제석 제불제천대신 몸주 벼락대신."

이렇듯 소리하며 또 한 무당 소리하되,

"바람아 월궁의 달월이로세. 일광의 월광 강신 마누라, 전물*로

---

* 집동 집 한 채

서 내리소서. 하루도 열두 시 한 달 서른 날, 일 년 열두 달 윤년은 열석 달 모든 일 도와주시옵는 안광당 국사당 마누라, 개성부 덕물산 최영 장군 마누라, 왕십리 아기씨당 마누라, 고개고개 머무시는 성황당 마누라 전물로 내리사이다."

이렇듯 소리하거늘, 놀부는 이 형상을 보고 식혜 먹은 고양이[*]와 같은지라. 무당들이 장구통으로 놀부의 가슴과 배를 치며 생난장을 치니 놀부가 울며 하는 말이,

"이 어인 곡절인지 죄나 알고 죽게 해 주오."

하는데 무당들이 하는 말이,

"다름이 아니라 우리가 굿한 값을 내는데 일 푼 남고 모자람이 없이 오천 냥만 내라."

놀부가 할 수 없어 오천 냥을 준 뒤에 이루고자 하면 망하고 망하고자 하면 이루리라 하고, 또 한 통을 따 놓고 째보 놈더러 당부하되,

"전 것은 다 헛것이 되었으니, 다시 시비할 개아들 없으니 어서 톱질 시작하자."

째보 하는 말이,

"또 중병 나면 누구에게 떼를 써 보려느냐. 우습게 아들 소리

---

* 전물 부처나 신에게 올리는 음식 또는 재물
* 식혜 먹은 고양이 잔뜩 찌푸린 얼굴을 비유하는 말

말고 복 있는 놈 데리고 타라."

하거늘 놀부가 하는 말이,

"이 졸렬한 사람아, 내가 맹세를 해도 이리하나. 만일 다시 군말하거든 내 뺨을 개 뺨 치듯 하소."

하며 우선 선셈 열 냥을 채우거늘 쩨보가 그제야 비위가 동해 돈 꾸러미 받아 거두고 박을 탈 때, 놀부 반만 타고 귀를 기울여 눈이 나오도록 들여다보니 박 속에 금빛이 비친다.

놀부가 먼저 낌새 아는 체하고,

"이애 쩨보야, 저것 뵈느냐. 이번은 온전한 금독이 나온다. 어서 타고 보자."

슬근슬근 톱질이야 툭 타 놓고 보니 만여 명 등짐꾼이 빛 좋은 누런 장롱을 지고 꾸역꾸역 나오는지라.

놀부가 놀라 묻는 말이,

"그것이 무엇이오."

"경이오."

"경이라 하니 면경과 석경이냐 천리경 만리경이냐. 그 무슨 경인고."

"요지경이오. 얼씨고 절씨고 요지연을 둘러보소. 이선의 숙향, 당 명황의 양귀비요, 항우의 우미인, 여포의 초선이, 팔선녀를 둘러보소. 영양공주, 난양공주, 진채봉, 가춘운, 심요연, 백능파, 계섬월, 적경홍˚ 다 둘러보소."

하며 집을 높이 쳐드니 놀부가 할 수 없어 돈 오백 냥을 주어 보내고, 또 한 통을 타고 보니 천여 명 초라니 일시에 내달아 오두방정을 떠는데,

"바람아 바람아 소소리바람*에 불렸느냐, 동남풍에 불렸느냐. 대 자 운을 달아 보자. 하나라 걸왕의 경궁요대 달기로 희롱하던 상주商周 시절 녹대 올라가니, 멀고 먼 봉황대, 보기 좋은 고소대, 만세무궁 춘당대, 금군마병 오마대, 한나라 무제 백양대, 조조의 동작대, 천대 만대 저 대 이 대 온갖 대라. 본대 익은 면대로세. 대 대야."

일시에 내달으며 달려들어 놀부 덜미잡이해 옆으로 떨어치니 놀부가 거꾸로 떨어지며,

"아이고아이고 초라니 형님, 이것이 웬일이오. 생사람 병신 만들지 말고 분부하면 하라는 대로 하리이다."

손이 발이 되도록 비니 초라니가 하는 말이,

"이놈, 목숨이 귀하냐, 돈이 귀하냐. 네 명을 보전하려 하거든 돈 오천 냥만 내어라."

놀부가 생각하되 '일이 도무지 틀렸으니, 앙탈해도 쓸데없다' 하고 돈 오천 냥을 내어 주며,

---

* 영양공주~적경홍 앞에 언급된 팔선녀의 이름으로, 고전소설 《구운몽》의 등장인물들이다.
* 소소리바람 이른 봄에 살 속으로 스며드는 듯한, 차고 매서운 바람

"앞 통 속을 자세히 알거든 일러 달라."

하니 초라니가 대답하기를,

"우리는 각 통이라 자세히 모르거니와, 어느 통인지 분명히 생금生金* 독이 들었으니 도무지 타고 보라."

하고 흔적 없이 가더라.

* 생금   캐낸 그대로의 금

난데없는 상전 떼기

놀부가 이 말을 듣고 헛된 욕심 북받쳐 동산으로 치달아 박 한 통을 따다가 켜라 하니 째보가 제일 위로하는 체하고 하는 말이,

"이 사람아, 그만 켜소. 다 그러할까마는, 돈을 들이고 자네 매 맞는 양을 보니 내가 탈 수가 없네. 그만 쉬어 사오일 후에 또 타 보세."

놀부 하는 말이,

"아무렴 오죽할까, 아직도 돈냥이 있으니 또 그럴 양으로 마저 타고 보자."

하고 타려 할 때 째보가 하는 말이,

"자네 마음이 그러하니 굳이 말리지 못하거니와, 이번 박타는 삯도 먼저 내어 오소."

놀부 또 열 냥을 미리 치르고 한참을 타다가 귀를 기울여 들으 니 사람이 숙덕거리는 소리가 나거늘, 놀부가 이 소리를 듣고 가

습이 끔찍해서 미어지는 듯 숨이 차 헐떡헐떡하다가 한마디 소리를 지르고 자빠지니 째보가 하는 말이,

"그 무엇을 보고 이다지 놀라는가."

놀부 하는 말이,

"자네는 귀가 먹었는가, 이 소리를 못 듣는가. 또 자배기*만 한 일이 벌어졌네. 이 박은 그만둘밖에 하릴없네."

하니 박 속에서 호령하는 말이,

"이놈 놀부야, 그만둔단 말이 무슨 말인고. 바삐 타라."

놀부 할 수 없어 마저 타니 양반 천여 명이 말총 망태기를 쓰고 우그럭 벙거지 쓴 놈을 데리고 나오면서 각각 풍월을 하되, 혹《대학》도 읽으며, 혹《맹자》도 읽으며 이렇듯 집을 뒤지는지라. 놀부이 형상을 보고 빼려 하니 양반이 호령하되,

"하인 없느냐, 저놈이 그치려 하니 바삐 잡아라."

하니 여러 하인이 달려들어 열 손가락을 벌려다가 팔을 휘둘러 뺨을 눈에 불이 번쩍 나도록 치며, 덜미 잡고 번쩍 들어 올려 꿇리니 양반이 분부하되,

"네 그놈의 대가리를 빼어 밑구멍에 박으라. 네 달아나면 면할까 보냐. 바람개비라 하늘로 오르며, 두더지라 땅으로 들까. 상전을 모르고 거만하니, 저런 놈은 사매*로 쳐 죽이리라."

* 자배기 둥그렇고 아가리가 넓은 질그릇

놀부 비는 말이,

"과연 몰랐사오니 생원님 덕분에 살려지이다."

양반이 하인을 불러 농을 열고 문서를 주섬주섬 내어놓고 하는 말이,

"네 이 문서를 보라. 삼대가 우리 종이로다. 오늘이야 너를 찾았으니, 네 속량을 하든지 해마다 공물을 바치든지 작정하고 그렇지 아니하거든 너를 잡아다가 부리리라."

놀부 여쭈오되,

"소인이 과연 세세한 일을 몰랐사오니, 속량을 할진대 얼마나 하리이까."

양반이 하는 말이,

"어찌 과히 하랴. 오천 냥만 바치고 문서를 찾아가라."

하거늘, 놀부 즉시 금고 문을 열고 오천 냥을 내어 주니라. 이때 놀부 계집이 이 말을 듣고 땅을 두드리며 울고 하는 말이,

"애고애고 원수의 박이네. 난데없는 상전이라고 곡절 없는 속량은 무슨 일인고. 이만 냥 돈을 헛되이 버렸으니 못할 노릇 그만하오."

놀부 하는 말이,

"에라 이년 물렀거라, 또 일이 틀리겠다. 이번 돈 들인 것은 아

---

* 사매 권력 있는 자가 사사로이 사람을 때리는 매

깝지 아니하다. 상전을 두고야 살 수 있느냐. 조용한 판에 아는 듯 모르는 듯 잘 떼어버렸다."

하며 또 동산에 올라가서 살펴보니, 수 통 박이 아직도 무수한 지라. 한 통을 따다 놓고 타려 할 때 째보 하는 말이,

"이번은 먼저 셈을 아니 하려나. 일은 일대로 할 것이니 삯을 내어 오소."

놀부 이놈의 속임수에 들어 돈 열 냥을 주며 하는 말이,

"자네도 보거니와 공연히 매만 맞고 생돈을 들이니 그 아니 원통한가. 이번부터는 두 통에 열 냥씩 정하세."

째보 허락하고 박을 반만 타다가 귀를 기울여 들으니 소고 치는 소리가 들리는지라. 놀부가 하는 말이,

"째보야, 이를 또 어찌하잔 말인고."

째보가 하는 말이,

"이왕 시작한 것이니 어서 타고 구경하세, 슬근슬근 톱질이야."

툭 타 놓고 보니 만여 명 사당거사 뭉게뭉게 나오며 소고를 치면서 다 각각 소리한다.

"오동추야 달 밝은 밤에 임 생각이 새로워라. 임도 나를 생각는가."

혹 방아타령, 혹 정주타령, 혹 유산가, 달거리, 등타령, 혹 춘면곡, 권주가 등 온갖 가사를 부르며 거사 놈은 망태기, 패랭이, 길짐 거사 길을 인도하고, 번개 소고 번득이고 긴 염불 짧은 염불하며

나오는 한편 놀부의 사족을 띄우며 헹가래를 치니, 놀부 오장이 나올 듯해 살려 달라 애걸한다.

사당거사들 하는 말이,

"네 명을 지탱하려 하거든 논문서와 밭문서를 죄죄 내어 오라."

하거늘 놀부 견딜 수 없어 논밭 문서를 주어 보내니라.

째보 하는 말이,

"나도 집에 볼일 많으니 늦게 독촉 말고 어서 따 오소. 끝에 설마 좋은 일 없을까."

왈짜들의 입담 한판

놀부 또 비위 동해 박을 따다가 타고 보니 만여 명 왈짜*들이 나오되, 누구누구 나오던고. 이죽이, 떠죽이, 난죽이, 횟죽이, 모죽이, 바금이, 딱정이, 거절이, 군평이, 털평이, 태평이, 여숙이, 무숙이, 팥껍이, 나돌몽이, 쥐어 부딪치기, 난장 몽동이, 아귀쇠, 악착이, 모로기, 변통이, 구변이, 광면이, 잣박쇠, 믿음이, 섭섭이, 든든이, 우리 몽술이 아들놈이 휘몰아 나와 차례로 앉고, 놀부를 잡아내어 줄로 찬찬 동여 나무에 거꾸로 달고 곤장질하는 놈으로 팔 갈아 가며 심심치 않게 족치며 왈짜들이 의논하되,

"우리 통문* 없이 이같이 모임이 쉽지 아니한 일이니, 놀부 놈은 나중에 발겨 죽이기로 하고 실컷 놀다가 헤어짐이 어떠하오."

* 왈짜 말과 행동이 점잖지 않고 수선스러운 사람
* 통문 여러 사람의 이름을 적어 차례로 돌려 보는 문서

여러 왈짜가 좋다 하고 자리 잡아 앉은 후, 털평이 대장 자리에 앉아 말을 낸다.

"우리 잘하나 못하나 짧은 노래 하나씩 부딪쳐 보세. 만일 입 열지 못하는 친구 있거든 떡메질하옵세."

의논을 하고 털평이 코끝으로 소리를 내어 부르되,

"새벽 비 일찍 갠 후에 일어나라, 아이들아. 뒷산에 고사리가 행여 아니 자랐으랴. 오늘은 일찍 꺾어 오너라. 새 술 안주 하여 보자."

또 무숙이 하나 하되,

"공평한 천하 약한 힘으로 어이 얻을쏜가. 진나라 궁실에 불 지른 것도 부도덕한 일이거늘, 하물며 초나라 의제를 죽인단 말인가."

또 군평이 뜨더귀* 시조를 하되,

"사랑인들 임마다 하며, 이별인들 다 서러우랴. 임진강 대동수 아황 여영 묘에 두견이 운다. 동자야 네 선생이 오거든 조리박 장사 못 얻으리."

또 팥껍질이 풍 자 운을 단다.

"만국병전초목풍, 취적가성낙원풍,* 제갈량의 동남풍, 어린아이 만경풍, 늙은 영감 변두풍, 왜풍, 광풍, 청풍, 양풍, 허다한 풍 자

---

* 뜨더귀 글을 여기저기서 조금씩 뜯어냈다는 뜻. 팥껍질, 바금, 쥐어 부딪치기, 나돌 몽, 떠죽이의 시조도 여러 시인의 시를 한 구절씩 가져와 만든 것이다.

어찌 다 달리."

또 바금이 사 자 운을 단다.

"한식동풍어류사, 원상한산석경사,[*] 도연명의 〈귀거래사〉, 이태백의 〈죽지사〉, 굴삼려의 〈어부사〉, 양소유의 〈양류사〉, 그리운 상사, 불사이자사,[*] 이 사 저 사 무수한 사 자로다."

또 쥐어 부딪치기는 년 자 운을 단다.

"적막강산금백년, 강남풍월한다년, 우락중분비백년, 인생부득항소년, 일장여소년, 한진부지년,[*] 금년, 거년, 천년, 만년, 억만년이로다."

또 나돌몽이 인 자 운을 다니,

"양류청청도수인, 양화수쇄도강인, 편삽수유소일인, 서출양관무고인, 역력사상인, 강청월근인,[*] 귀인, 철인, 만물지중에 유인이

---

* 만국병전초목풍, 취적가성낙원풍 만국 병사들 앞에 있는 초목에 부는 바람, 피리와 노랫소리 멀리 실어 가는 바람
* 한식동풍어류사, 원상한산석경사 한식날 봄바람은 궁궐 버들에 비껴 불고, 비스듬한 돌길 따라 멀리 추운 산을 오르니.
* 불사이자사 생각하지 않으려 해도 저절로 생각이 난다.
* 적막강산금백년 ~ 한진부지년 고요하고 쓸쓸한 강산은 이제 백 년이로다. 강남의 풍월은 몇 년이나 한산하다. 근심 있는 날 즐거운 날 둘로 나누면 백 년도 안 되네. 인생은 늘 소년일 수 없다. 해는 길어 소년과 같네. 추위 다해도 해 바뀐 줄 모른다.
* 양류청청도수인 ~ 강청월근인 늘어진 푸르른 버들잎 사이로 물 건너는 사람이 있다. 버들개지 날려 강 건너기 시름겹구나. 모두 수유 가지 꽂고서야 한 사람이 비는 것을 알게 되네. 서쪽으로 양관을 나서면 더 이상 아는 이 없고, 모래 위를 가는 사람의 자취가 뚜렷하다. 강은 맑고 달은 사람과 가깝네.

최귀로다."[*]

아귀쇠가 절 자 운을 단다.

"꽃 피었다 춘절, 잎 피었다 하절, 황국 단풍 추절, 물 말라 돌 드러나니 동절, 정절, 충절, 마디 절하니 절의로다."

또 악착이 덕 자 운을 다니,

"세상에 사람이 되어 나서 덕이 없이 무엇 하리. 영화롭다 자손의 덕, 충효로 가문을 이으니 조상의 덕, 불로 음식 조리하니 수인씨 덕, 군사와 무기 쓰는 법 익히니 헌원씨 덕, 뽕나무 뿌리 약재로 써서 사람을 구하니 신농씨 덕, 팔괘를 처음 그리니 복희씨 덕, 삼국 성주 유현덕, 촉국 명장 장익덕, 난세 간웅 조맹덕, 위엄 있는 명장 방덕, 당 태종의 화가 울지경덕, 이 덕 저 덕이 많건마는 큰 덕 자가 덕이로다."

또 떠죽이 연 자 운을 단다.

"황운새북의 무인연, 궁류저수 삼월연, 장안성중의 월여련,[*] 내 연 자가 이뻔인가."

또 변통이 질 자 운을 모은다.

"천하가 셋으로 나뉘어 어지러운 때에 싸움질, 오월 무더위에

---

[*] 만물지중에 유인이 최귀로다   만물 가운데 사람이 가장 귀하다.
[*] 황운새북의 무인연~장안성중의 월여련   누런 먼지구름 일어나는 북쪽 변방엔 사람도 밥 짓는 연기도 없고, 궁궐의 버들 낮게 드리운 곳에 삼월의 안개 자욱하고, 장안성 안에 달빛은 명주처럼 희구나.

손부채질, 가는 비 내리는 강변에 낚시질, 겹겹이 푸른 산 도끼질, 나뭇잎 다 떨어진 산 갈퀴질, 술 먹은 놈의 주정질, 마누라님 물레질, 며늘아기 바느질, 좀영감은 잔말질, 훈장 영감 몽둥이질이라."

또 구변은 기 자 운을 단다.

"곱사등이 가슴패기 차기, 아이 밴 계집 배때기 차기, 옹기장수 작대기 차기, 불붙은 데 키질하기, 해산하는 데 개 잡기, 천연두 앓는 데 울타리 밑에 말뚝 박기, 서로 싸우는데 그놈의 허리띠 끊고 달아나기, 달음질하는데 발 내밀기라."

이렇듯 돌린 후에 차례로 사는 곳을 물을 때,

"저기 저분은 어디 계시오?"

하니 한 놈이 대답하되, "내 집은 왕골이오."

하거늘 그중 군평이 소가 아래턱으로 새김질하듯, 어금니로 새김질하듯 새김질을 잘하는데 하는 말이, "게 왕골 산다 하니, 임금 왕王 자 골이니 동관 대궐 앞 사시는 분이오."

"또 저분은 어디 계시오?"

한 놈이 대답하되, "나는 하늘골 사오."

군평이 하는 말이, "사직社稷*이란 마을이 하늘을 위한 마을이니, 사직골 사시오."

---

* 사직 나라 또는 조정. 토지와 곡식을 다스린다는 고대 중국의 신을 의미하기도 한다.

"또 저분은 어디 계시오?"

한 놈이 하는 말이, "나는 문 안팎 사오."

군평이 하는 말이, "문안 문밖 산다 하니, 대문 안 중문 밖이니 행랑어멈 자식이로다."

"또 저분은 어디 계시오?"

한 놈이 대답하되, "나는 문안 사오."

군평이 하는 말이, "그는 알지 못하겠소. 문안은 다 그대의 집인가?"

그놈이 하는 말이, "우리 집 방문 안에 산다는 말이오."

"또 저분은 어디 계시오?"

한 놈이 대답하되, "나는 횟두루*목골 사오."

군평이 하는 말이, "내가 새김질을 잘하되 그 골 이름은 처음 듣는 말이오."

그놈이 하는 말이, "나는 집 없이 되는대로 횟두루 다니기에 할 말 없어 내 의사로 한 말이오."

군평이 하는 말이, "바닥 셋째 앉은 분은 성씨를 뉘라 하시오?"

한 놈이 대답하되, "나무 둘이 씨름하는 성이오."

군평이 하는 말이, "목木 자 둘이 겹으로 붙으니 수풀 림林 자 임 서방이오."

---

* 횟두루 닥치는 대로 대충대충. '휘뚜루'의 옛말이다.

"또 저분은 뉘라 하시오?"

한 놈이 대답하되, "내 성은 목침에 갓 쓰인 자요."

군평이 하는 말이, "갓머리 안에 나무 목 하였으니 나라 송宋 자 송 서방이오."

"또 저분은 뉘라 하시오?"

한 놈이 대답하되, "내 성은 계수나무란 목 자 아래 만승천자萬乘天子란 자 자를 받친 오얏 리李 자 이 서방이오."

"또 저분은 뉘라 하시오?"

한 놈이 워낙 무식한 놈이라 함부로 하는 말이, "내 성은 난장 몽동이란 나무 목 자 아래, 발 긴 역적의 아들 누렁쇠 아들 검정개 아들이란 아들 자 받친 복숭아 이李 자 이 서방이오."

"또 저분은 뉘라 하오?"

한 놈이 답하되, "내 성은 뫼 산山 자 넷이 사면으로 두른 성이오."

군평이 가만히 새겨 하는 말이, "뫼 산 자 넷이 둘렀으니 밭 전田 자 전 서방인가 보오."

"또 저분은 뉘라 하오."

한 놈의 성은 배가라. 정신이 헐하기로 주머니에 배를 사 넣고 다니더니, 성을 묻는 양을 보고 우선 주머니를 열고 배를 찾되 배가 없는지라. 기가 막혀 배꼭지를 치며 하는 말이, "나는 원수의 성으로 망하겠다. 이번도 뉘 아들놈이 남의 성을 내어 먹었구나.

태어난 뒤에 성을 잃어버린 것이 열여덟 푼어치나 되니, 어려운 형세에 성을 장만하다 망하겠다."

하고 부리나케 주머니를 뒤진다.

군평이 하는 말이, "게 성을 물은즉, 팔결*에 주머니를 왜 만지시오."

그놈이 하는 말이, "남의 잔속*을랑 모르고 답답한 말 마시오. 내 성은 먹는 성이올세."

하며 구석구석 찾으매 배 꼭지만 남았는지라. 무안하고 위급해서 배 꼭지를 내어 들고 하는 말이, "하면 그렇지 제 어디로 가리오?"

"성 나머지 보시오."

하니 군평이 하는 말이, "친구의 성이 꼭지 서방인가 보오."

그놈의 말이, "옳소 옳소. 과연 아는 말이올세."

"또 저분은 뉘라 하시오?"

한 놈이 하는 말이, "내 성은 안강자손安康子孫하다는 안 자에, 부어터져 죽었다는 부 자에, 난장 몽동이란 동 자를 합한 안부동이라 하오."

"또 저분은 뉘시오."

* 팔결   다른 정도가 엄청남
* 잔속   세세한 속 내용

한 놈이 답하되, "내 성은 쇠 금金 자를 열대여섯 쓰오."

군평이 새겨보고 하는 말이, "쇠가 열이니 김 자 하나를 떼어 성을 만들고, 나머지 쇠가 아홉이니, 부딪치면 덜렁덜렁할 듯하니 합하면 김덜렁쇠요."

"또 저분은 뉘시오."

한 놈이 손을 불끈 쥐고 하는 말이, "내 성명은 이러하오."

군평이 새겨보고 하는 말이, "성은 주가요, 명은 먹인가 보오."

"또 저분은 뉘라 하오."

한 놈이 손을 길길이 펴 보이거늘 군평이 새기는 말이, "손을 펴 뵈니 성은 손이요, 이름은 가락인가 보오."

"저분은 뉘라 하시오."

한 놈이 답하되, "내 성명은 한가지요."

떠죽이 하는 말이, "저기 저분 성명과 같단 말이오."

그놈이 하는 말이, "어찌 알고 하는 말이오? 내 성은 한이요, 이름은 가지란 말이올세."

"또 친구의 성은 뉘라 하오?"

한 놈이 답하되, "나는 난장 몽둥이의 아들놈이오."

"또 저분은 뉘시오?"

한 놈이 하는 말이, "나도 기오."

부딪치기 내달아 히히 웃고 하는 말이, "게도 난장 몽둥이와 같단 말인 게요?"

그놈이 하는 말이, "이 양반아 이것이 우스운 체요, 짓궂은 체요, 말 잘하는 체요, 누를 욕하는 말이오? 성명을 바로 일러도 모르겠나. 각각 뜯어 일러야 알겠습네? 성은 나가요, 이름은 도기라 하옵네."

"또 저분은 뉘라 하오?"

한 놈이 하는 말이, "내 성명은 이 털 저 털, 괴털 쇠털, 말털, 시금털털하는 털 자에, 보보 보 자 합하면 털보란 사람이올세."

"또 저분은 뉘시오?"

한 놈이 답하되, "좋지 아니하오."

거절이 내달아 하는 말이, "성명을 물은즉 좋지 아니하단 말이 어쩐 말이오?"

그놈이 하는 말이, "내 성은 조요, 이름은 치안이올세."

군집이 내달아 하는 말이, "저기 저분은 무슨 생이시오?"

한 놈이 답하되, "나는 헌 누더기 입고 덤불로 나오던 생이오."

떠죽이 새겨 하는 말이, "헌 옷 입고 가시덤불 나올 적에 오죽이 미어졌겠소.* 무인생戊寅生인가."

"또 저 친구는 무슨 생이오?"

한 놈이 답하되, "나는 대가리에 종기 나던 해에 났소."

군평이 하는 말이, "머리에 종기 났으면 병을 이었으니 병인생

---

* 미어졌겠소　구멍이 났겠소.

丙寅生인가."

또 한 놈이 하는 말이, "나는 등창 나던 해요."

군집이 새기되, "병을 등에 짊어졌으니 병진생丙辰生인가 보오."

또 한 놈이 내달아 하는 말이, "나는 발가락 사이에 종기 나던 생이오."

쥐어 부딪치기 하는 말이, "병을 신었으니 병신생丙申生인가."

또 한 놈이 대답하되, "나는 햅쌀머리*에 난 놈이오."

나돌몽이 하는 말이, "햅쌀머리에 났으니 신미생辛未生인가."

또 한 놈이 말하되, "나는 장에 가서 송아지 팔고 오던 날이오."

굿쇠 내달아 단단히 웃고 하는 말이, "장에 가 소를 팔았으면 값을 받아 지고 왔을 것이니 갑진생甲辰生인가 보오."

이렇듯 지껄이다가 그중에 한 왈짜가 내달아 하는 말이,

"그렇지 아니하다. 놀부 놈을 어서 내어 발기자."

여러 왈짜 대답하되,

"우리가 말 주고받느라고 이때까지 두었지 벌써 찢을 놈이니라."

악착이 내달아 하는 말이,

---

* 햅쌀머리 '새 쌀 나올 때'라는 뜻. 새것을 의미하는 한자는 '신新'으로 '신辛'과 같은 소리이며, 쌀은 '미米'로 '미未'와 같은 소리다.

"그 말이 옳다."

하고 놀부를 잡아들여 찢고 차고 굴리며, 주무르고 잡아 뜯고 주리 틀며, 회초리로 후리며 다리 가랑이를 호되게 틀며, 복숭아 뼈를 두드리며 심지에 불을 붙여 켜서 발가락 사이를 단근질* 해 여러 가지 형벌로 쉴 사이 없이 갈라 틀어 가며 족치니, 놀부 입으로 피를 토하며 여러 해 묵은 똥을 싸고 세 치 네 치를 부르며* 애 걸하니 여러 왈짜 한 번씩 두드리고 분부하되,

"이놈 들으라. 우리가 금강산 구경 가다가 노자가 모자라니 돈 오천 냥만 내어 와야지, 만일 그러하지 아니하면 목숨을 끊으리라."

하니 놀부 오천 냥을 주니라.

* 단근질 불에 달군 쇠로 몸을 지지는 것
* 세 치 네 치를 부르며 정신없이 횡설수설하며

박타기는 계속되고

놀부 사족을 쓰지 못해 혼백이 떨어졌으되, 끝내 박탈 마음이 있는지라. 기엄기엄 동산에 올라가서 박 한 통을 따다가 힘을 다해 타고 보니, 팔도 소경이 뭉쳐 수만 개 막대 묶음을 흩어 짚고 인상을 구기며 내달아 하는 말이,

"놀부야 이놈 날까 길까, 네 어디로 갈까. 너를 잡으려고 안남산, 밖남산, 무계동, 쌍계동으로 면면촌촌 방방곡곡을 널리 돌아다녔더니 오늘날 이에서 만났도다."

하고 되는대로 휘두들기니 놀부 살고지라 애걸하거늘, 소경들이 북을 두드리며 소리해서 경을 읽는다.

"천수천안 관자재보살 광대원만 무애대비심 신묘장구 대다라니 왈 나무라 다라다라야. 남막알약 바로기제 사바라야아 사토바야 지리지리지지리 도도로모 자모자야 이시성조 원시천존 재옥청성경 태상노군 태청성경 나후성군 계도성군 삼라만상 이십팔

수성군 동방목주성군 남방화제성군 서방금제성군 북방수제성군 삼십육등신선, 연즉, 월즉, 일즉, 시즉 사자 태을성군 놀부 놈을 급살방양탕으로 갖추어 점지하옵소서. 급급여율령 사바하."*

이렇듯 경을 읽은 후에 놀부더러 경 읽은 값을 내라 하고 집안을 뒤집으니, 놀부 어쩔 수 없어 오천 냥을 주고 생각하되 집안에 돈 일 푼이 없이 탕진했는지라. 이를 어찌하느니 하면서도 동산으로 올라가서 또 큰 박 한 통을 따 가지고 내려와서 째보를 달래되,

"이번 박은 겉으로 보아도 아주 유명하니 바삐 타고 구경하세."

하며 타다가 귀를 기울여 들으니 우레 같은 소리 진동하며,

"비로다, 비로다."

하니 놀부 어찌할 줄 모르고 박타기를 머무르니 박 속에서 또 불러 이르되,

"무슨 거래去來*를 이다지 하는가. 비로다."

놀부 더욱 겁을 내어 하는 말이,

"비라 하니 무슨 비온지 당 명황의 양귀비시오니까, 창오산의 두 왕비시오니까. 우선 존호를 알고 싶습니다."

---

* 이십팔수성군~급급여율령 사바하 하늘을 동서남북으로 나누고 다시 각각을 일곱 개로 나누면 스물여덟 개가 되는데 그곳을 맡아 관리하는 성군을 '이십팔수성군'이라 한다. '사자'는 연월일시에 맞추어 죽은 사람을 저승으로 잡아간다는 귀신들을 가리킨다. '급살방양탕'은 갑자기 죽는 살을 맞아 양기가 빠지게 하는 약이며, '급급여율령 사바하'는 도교의 주문에 나오는 표현이다.
* 거래 일어난 일을 아랫사람이 윗사람에게 알리는 일

174

박 속에서 하는 말이,

"나는 유현덕의 아우 거기장군 장비로다."

놀부 이 소리를 들으며 정신이 아득해서 하는 말이,

"쩨보야, 이 일을 어찌하잔 말인가. 이번은 바칠 돈도 없고 할 수 없이 너하고 나하고 죽는 수밖에 없다."

쩨보 놈이 하는 말이,

"이 사람아, 그 어인 말인고. 나는 무슨 탓으로 죽는단 말인가. 다시 그런 말 하다가는 내 손에 급살탕을 먹을 것이니 그런 미친 놈의 소리 말고 타던 박이나 타세. 장군이 나오시거든 빌어나 보소."

놀부 하릴없으매 마지못해 마저 타고 보니, 한 장수 나오되 얼굴은 검고 구레나룻을 넓게 기르고 고리눈을 부릅뜨고, 봉황 그린 투구에 용 미늘*을 단 갑옷을 입고 장팔사모丈八蛇矛를 들고 내달으며,

"이놈 놀부야, 네 세상에 나서 부모에게 불효하고 형제 불화할 뿐더러 여러 가지 죄악이 많기로 하늘의 도가 무심치 아니하사 나로 하여금 너를 죽여 없애라 하시기로 왔거니와, 너같이 보잘것없는 목숨 죽여 쓸데없으니 무릇 견뎌 보아라."

하고 철퇴 같은 손으로 놀부를 움켜 잡아끌고 헛간으로 들어가

---

* 미늘   갑옷에 단 비늘 모양의 가죽 조각이나 쇳조각

호령한다.

"멍석을 내어 펴라."

놀부 벌벌 떨며 멍석을 펴니 장비가 벌거벗고 멍석에 엎드려 분부하되,

"이놈 주먹을 쥐어 내 다리를 치라."

놀부 힘을 다해 다리를 치다가 팔이 지쳐 애걸하니 장비 호령하되,

"이놈 잡말 말고 기어올라 발길로 내 등을 찧어라."

놀부 그 등을 쳐다본즉 천만 장이나 하는지라 비는 말이,

"등에 올라가다 만일 미끄러져 낙상하면, 이후에 빌어먹을 길도 없으니 덕분에 살고 싶습니다."

장비 호령하되,

"정 올라가기 어렵거든 사닥다리를 놓고 못 올라갈까."

놀부 마지못해 죽을 뻔 살 뻔 올라가서 발로 한참을 차더니, 또 다리가 지쳐 꿈쩍할 길 없는지라. 또 애걸하니 장비 호령하되,

"그러하면 잠깐 내려앉아 담배 한 대만 먹고 오르라."

하니 놀부 기어 내리다가 미끄러져 모퉁이로 떨어져 뺨이 무너지고, 다리 접질려 혀를 빠뜨리고 엎드려 애걸하니 장비 이를 보고 어이없어 일어나 앉아 하는 말이,

"너를 십분 용서하고 가노라."

하더라.

놀부의 최후

놀부 생급살을 맞고도 동산으로 올라가서 박 한 통을 따 가지고 내려와서 하는 말이,

"째보야, 이 박을 타고 보자."

하니 째보 생각하되 낌새를 본즉 탈 박도 없고 이득도 없는지라 소변보러 감을 핑계하고 밖으로 빼니라. 놀부가 하릴없어 종을 데리고 박을 켜 보니 아무것도 없고 박속이 먹음직하다. 국을 끓여 맛을 보고 하는 말이,

"이런 국 맛은 본 바 처음이로다."

하며 당동당동 하다가 미쳐서 또 집 위에 올라가 보니 박 한 통이 있으되 빛이 누르고 불빛 같았다. 놀부가 비위 동해 따 가지고 내려와 한참 타다가 귀를 기울여 들으니, 아무 소리 없고 구린내가 물씬물씬 맡이거늘 놀부 하는 말이,

"이 박은 농익어 썩은 박이로다."

하고 십분의 칠팔분을 타니 홀연 박 속에서 거센 바람이 크게 일어나며 똥줄기 나오는 소리에 산천이 진동하는지라. 온 집이 혼이 떠서 대문 밖으로 나와 문틈으로 엿보니 된똥, 물찌똥, 진똥, 마른똥 여러 가지 똥이 합해 나와 집 위까지 쌓인다. 놀부 어이없어 가슴을 치며 하는 말이,

"이런 일도 또 있는가. 이러할 줄 알았다면 동냥할 바가지나 가지고 나왔더라면 좋을 뻔했다."

하고 뻔뻔한 놈이 처자를 이끌고 흥부를 찾아가더라.

《흥부전》을
읽는 즐거움

송동철 해설

누구나 알지만 아무도 안 읽은 책을 가리키는 단어가 고전이라는 말이 있어요. 우스갯소리지만 어쩌다 이 말을 들을 때면 가슴이 뜨끔해집니다. 워낙 유명해서 제목은 아는데, 너무 많이 들어서 줄거리도 알고 심지어 읽은 것 같은 기분도 드는데, 가슴에 손을 얹고 생각하니 사실은 안 읽은 책이 한 트럭이거든요.

그런 책들을 모아 목록을 만든다면《흥부전》도 틀림없이 한 자리를 차지할 겁니다. 사실《흥부전》은 고전소설 중에서도 좀 밋밋한 느낌을 주지요.《춘향전》처럼 뜨거운 로맨스가 있는 것도 아니고,《홍길동전》같은 화끈한 영웅담도 아니니까요.《흥부전》이라고 하면 보통 권선징악과 형제간의 우애 같은 교훈, 제비가 물고 온 박씨를 떠올릴 겁니다. 이런, 마음의 소리가 들려오네요. '뭐야, 고루하고 허무맹랑하다는 말이잖아? 이왕 비현실적일 거면《금오신화》처럼 귀신이라도 나오든가!'

하지만 직접 읽어 본 사람이라면《흥부전》이 지루하고 터무니없는 이야기와는 한참 거리가 먼 작품임을 모를 리 없다고 생각합니다. 오히려 처절할 정도의 리얼리티가《흥부전》의 멋짐 포인트랍니다. 지금부터《흥부전》의 근사함에 대해 차근차근 이야기해 볼게요.

'발밑이 흔들리는' 시대를 살아가는 감각

사회에는 구성원들이 '마땅히 이래야 해'라고 믿는 가치가 존재합니다. 어떤 기준이 있어야 사람들이 그 위에서 사회를 이루고 저마다 삶을 꾸려 갈 수 있거든요. 예를 들어 21세기에 사는 우리는 누군가를 평가할 때 그가 가진 성품과 능력을 보아야 한다는 믿음을 가지고 있습니다. 각자의 성품과 능력이 정당하게 평가받을 수 있어야 바람직한 사회라고 생각하지요. 물론 현실에서는 그렇지 않은 경우도 있습니다. 그럴 때 화를 내는 것도 사실은 우리에게 믿음이 있어서입니다. 이런 공통의 믿음을 '규범'이라고 해요.

잠깐 이상한 상상을 해 볼게요. 주제는 이거예요. '만약 내일부터 신분제가 부활한다면.' 누가 어떤 신분이 될지는 모른다고 치고요. 중요한 건 내일부터는 품성, 능력, 노력 같은 게 아니라 '어느 집안에서 태어났는지'로 사람을 평가하는 세상이 된다는 겁니다. 자, 이런 일이 일어난다면 여러분은 어떨 것 같나요?

저를 포함한 많은 사람은 먼저 허무할 거예요. 살면서 해 온 노력이나 세워 둔 인생 계획이 다 헛일이 되는 셈이니까요. 그래도 뾰족한 수는 없을 겁니다. 규범은 개인의 힘으로 어찌하기 어려운 문제거든요. 결국 사람들은 혼란에 빠지겠지요. 이제 어떻게 살아야 할지, 무엇이 좋은 삶인지 알 수 없게 되어버렸으니까요.

규범이 바뀐다는 건 이런 일입니다. 각자의 삶을 지탱해 온 공통의 믿음이 무너지는 일이에요. 발밑이 흔들리더니 어느 순간 푹, 하고 내려앉는 것처럼요.

조선 시대에 사람을 평가하는 사회적 기준은 신분과 윤리였습니다. 이 둘은 모두 유교 질서에 바탕을 두고 있었고요. 그런데《흥부전》의 배경이 되는 조선 후기가 되면 돈, 그러니까 재산이 새로운 기준으로 자리 잡기 시작합니다. 농업 사회에 익숙한 사람들 앞에 상품 화폐 경제라는 낯선 시스템이 등장한 것이지요. 이윤 추구를 인간의 자연스러운 본능으로 여기는 사고방식은 비교적 최근에 생겨난 거예요. 비단 우리나라뿐 아니라 인류 역사를 통틀어 보아도 그렇습니다. 조선 사람들에게도 대놓고 재물을 좇는 일은 부끄러운 행동이었어요.

그러나 돈의 중요성이 커지면서 윤리를 지키고 신분에 맞게 살기보다 거리낌 없이 이윤을 추구하는 사람들이 나타납니다. 넓은 땅을 가진 부농富農과 농토를 잃고 떠도는 빈민이 동시에 생겨났어요. 미천한 신분에서 큰 부자가 나오기도 하고 양반이 경제적으로 몰락하기도 했습니다. 오랫동안 조선 사회를 지탱한 규범이 무너져 가는 상황이었습니다. 《흥부전》은 이처럼 '발밑이 흔들리는 시대'를 살아간 사람들이 느낀 감각을 생생하게 보여 주는 작품이에요.

흥부의 가난에 주목하는 이유

흥부는 전통적인 규범이 몸에 밴 인물입니다. 양반다운 학식을 갖춘 데다 마음씨도 선하고, 자신을 내쫓는 형에게 깍듯하게 하직 인사를 올릴 만큼 예의범절을 지키는 사람입니다. 곡식을 얻으러 갔다가 매를 맞고 빈손으로 돌아오면서도 형이 욕먹을 것을 걱정할 정도로 우애가 깊습니다. 진정한 '유교맨'이지요.

놀부는 새로운 인간형입니다. 전통적 가치를 철저히 무시하고 이익을 추구하는 그의 행동은 참으로 성실하고 창의적이기까지 합니다. 당시 사람들은 제사상에 음식 대신 돈을 올리는 모습이나 곡식을 빌리러 온 동생을 모르는 척하다가 '흥부가 뉘 아들이냐'고 묻는 모습에서 큰 충격을 받았을 거예요. 물질적 이익 때문에 부모와 조상, 형제를 부정하는 짓이니까요. 놀부는 이렇게 보통 사람들로서는 상상도 못할 패륜을 아무렇지 않게 저지르는 '빌런'입니다.

유교맨 흥부는 가난하고, 빌런인 놀부는 부유합니다. 그리고 《흥부전》은 놀부의 풍요로운 생활이 아닌 흥부의 가난에 주목합니다. 꽤 독특한 점이지요. 대개 사람들이 서사에 기대하는 건 대리 만족입니다. 우리 주변에선 보기 힘든 재벌 2세가 영화나 드라마에서는 발에 차일 만큼 흔한 것도 그래서입니다. 화려하고 달콤한 환상을 맛보고 싶은 시청자들의 욕망을 만족시키는 데 재벌만한 게 없으니까요. 조선 시대 사람들도 마찬가지였을 거예요. 더구나 판소리계 소설들이 대중의 취향과 바람을 적극적으로 받아들이는 경향이 있음을 고려하면,《흥부전》이 유독 가난에 초점을 맞추었다는 사실은 흥미롭습니다.

《흥부전》은 흥부가 가난 때문에 겪는 비참한 일들을 아주 구체적으로 다양하게 그려 냅니다. 우습고도 슬픈 이 장면들이 작품 전반부의 주요 내용이라고 할 수 있을 정도입니다. 왜 이렇게까지 열심히 흥부의 가난을 묘사하는 걸까요? 이 의문에 답하기 위해서는 당시 사람들이 느낀 '발밑이 흔들리는 시대를 사는 기분'을 상상해 볼 필요가 있습니다.

유교 사회에서 나고 자란 조선 사람들은 당연히 전통적인 미덕을 두루 갖춘 흥부에게 감정을 이입했을 겁니다. 흥부는 경제관념이 부족한 면도 있지만, 사계절 내내 잠시도 놀지 않고 온갖 일을 하는 인물이지요.

춘하추동 사시절을 품을 팔아 살아갈 제, 위아래 논밭에 김을 매고 함께 모여 방아 찧기, 장사 무역 짐 지고, 초상난 집 부고 전하기, 잠시도 놀지 않고 이렇듯 품을 팔아 사는 것이 죽느니만 못하게 지내는구나.

정이월에 가래질하기, 이삼월에 농사짓기, 일등 논밭 모 심은 논 갈기, 입하立夏 전에 목화 갈기, 이 집 저 집 이엉 엮기, 더운 날에 보리 치기, 비 오는 날 멍석 걷기, 가까운 산 먼 산 땔감 베기, 무곡 주인 짐 져 주기, 각 읍 주인 삯길 가기, 술만 먹고 말에 짐 싣기, 오 푼 받고 말편자 박기, 두 푼 받고 똥재 치기, 한 푼 받고 빗자루 매기, 밥 먹기 전 마당 쓸기, 저녁에 아이 만들기, 온갖 일을 다 해도 끼니가 간데없네.

흥부는 게을러서 가난한 게 아닙니다. 문제는 이 세계가 죽도록 일해도 죽느니만 못한 삶을 벗어날 수 없는 곳이라는 데 있습니다. 그런 상황에서 가난에 찌든 흥부를 세밀하게 드러내는 일은 그 자체로 불합리한 사회에 대한 고발이 됩니다. 흥부같이 선하고 성실한 사람이 비참하게 살아가는, 즉 정의로운 세상에서는 불가능한 일이 눈앞에서 벌어지고 있다면 그건 이 세계가 부조리하다는 뜻이니까요. 전반부의 백미라고 할 수 있는 매품 파는 대목을 볼까요.

"박 생원, 그리 말고 오신 김에 매품 좀 파실라요?"

"아, 돈 생기는 품이라면 팔고말고요."

"다름 아니라 우리 고을 좌수가 병영에 죄를 지었는데, 좌수 대신 가서 곤장 열 개만 맞고 오시면 한 개에 석 냥씩, 열 개면 서른 냥은 굳은 돈이오. 누가 가든지 말 타고 다녀오라고 마삯 닷 냥까지 주기로 했으니 다녀오실라요?"

"아, 그런 일 같으면 가고말고요. 내 아니꼽게 말 타고 갈 것이 아니라 정강이 말로 노자나 풍족히 쓰고 갔다 오겠소. 그 돈 닷 냥 날 내주시오."

매품은 대신 매를 맞아 주는 돈벌인데, 쉬운 일이 아니었습니다. 곤장 가운데 큰 것은 길이가 성인 남성의 키와 비슷하고 한 손으로는 들지도 못할 만큼 무거웠으니까요. 실제로 곤장을 맞고 허리를 다쳐서 불구가 되는 일이 흔했으며 죽는 경우도 드물지 않았다고 합니다. 매품은 높은 확률로 큰 위험을 감수해야 하는, 그야말로 '극한 직업'이었어요. 흥부 아내가 펄쩍 뛰며 우는 것도 당연한 일입니다.

다행인지 불행인지 흥부는 매품을 팔지 못합니다. 흥부 아내의 울음소리로 상황을 눈치챈 뒷집 사람이 잽싸게 먼저 가서 매를 맞고 돈을 받아 가거든요.(김연수 창본) 사실 분명히 형벌인 곤장을 돈으로 거래하는 것부터가 잘못된 일입니다. 그런데 현실은 더 지독해서, 그 매품조차 새치기의 대상이 됩니다. 어떤 판본에는 매품을

186

팔러 간 흥부가 거기 모인 사람들과 서로 누가 더 가난한지를 놓고 겨루다 패배해서 결국 매품을 포기하고 돌아오는 대목도 있어요. 잔혹한 아이러니지요.

《흥부전》은 복을 받아 마땅한 흥부의 빈곤한 삶을 클로즈업함으로써 부조리한 세계를 폭로하고 참혹한 현실을 날카롭게 비판합니다. 흥부와 같은 처지의 사람들은 흥부의 모습에 가만히 자기의 삶을 비추어 보며 문득 깨달았을 거예요. 부조리한 세상 속의 가난은 결코 가난한 자의 탓이 아니라는 진실을요.

《흥부전》의 주인공은 누구?

흥부의 가난과 함께 눈여겨볼 점이 있습니다. 그 이야기를 하기 전에 문제를 하나 낼게요. 이 작품의 주인공은 누구일까요? 정답, 흥부! 하하, 너무 쉬운 문제였나요. 그럼 하나만 더 해 보겠습니다. 이번에는 서술형 문제,《흥부전》의 주인공이 흥부라고 판단하는 근거는 무엇인가요?

갑자기 서술형이라니, 좀 너무했나요. 같이 답을 생각해 보지요. 음, 일단 제목이 유력한 근거가 되겠네요.《인어공주》의 주인공은 인어공주고,《신드바드의 모험》주인공은 신드바드니까요.《춘향전》《홍길동전》《운영전》등 고전소설도 사정은 비슷하네요.

분량을 따져 보는 건 어떨까요? 영화에서도 화면에 가장 오래 나오는 사람이 주인공이잖아요. 앗, 그런데 여기에 반전이 있습니다. 이 책에 실린 경판 25장본에서 가장 많은 분량을 차지하는 인물은 흥부가 아니고 놀부거든요. 두둥. 놀랍지 않은가요? 저는 이 사실을 처음 깨닫고 큰 충격을 받았어요. 《흥부전》이 알고 보니 놀부 이야기였다니!

이 판본은 놀부가 제비 다리를 부러뜨리는 장면부터 완전히 망하는 결말까지가 전체 분량의 약 60퍼센트를 차지해요. 박의 개수를 세어 보아도 흥부의 박은 네 개뿐인데 놀부의 박은 열세 개나 되고, 놀부가 어떻게 망해 가는지를 보여 주는 '놀부 박 사설'이 작품의 절반입니다. 균형이 좀 안 맞는다는 생각이 들 정도지요.

이쯤 되면 '놀부전' 아닌가 싶지만, 다시 한 번 조선 시대 판소리 청중의 마음을 헤아려 봅시다. 그들은 흥부의 고통에 공감했던 만큼이나 몰락하는 놀부의 모습에서 쾌감을 느꼈을 거예요. 대다수가 평소 양반 지주에게 착취와 억압을 당한 경험을 공유하고 있었을 테니까요. 놀부가 재산을 잃어 가는 대목은 한 마디로 '사이다썰'이었겠지요. 판소리 공연이 거듭되며 관객들에게 열띤 호응을 받는 놀부 박 사설이 자연스레 길고 자세해졌을 거라고 추측할 수 있습니다.

놀부 박 사설은 판본마다 내용과 길이가 꽤 다릅니다. 이 또한 주로 즐기던 집단의 취향을 받아들인 결과인데요. 그 차이가 퍽 재미있습니다. 책에 실린 두 판본을 비교해 볼까요.

상대적으로 양반 취향이 많이 반영된 김연수 창본의 놀부는 곱게(?) 돈만 빼앗깁니다. 반면 경판 25장본의 놀부는 돈을 빼앗기는 건 물론이고 온갖 매질도 당합니다. 게다가 소설은 고통받는 놀부의 모습을 매우 세세하게 보여 줍니다. 약간 끔찍할 정도로요.

> 놀부를 잡아들여 찢고 차고 굴리며, 주무르고 잡아 뜯고 주리 틀며, 회초리로 후리며 다리 가랑이를 호되게 틀며, 복숭아뼈를 두드리며 심지에 불을 붙여 켜서 발가락 사이를 단근질해 여러 가지 형벌로 쉴 사이 없이 갈라 틀어 가며 족치니, 놀부 입으로 피를 토하며 여러 해 묵은 똥을 싸고 세 치 네 치를 부르며 애걸하니 여러 왈짜 한 번씩 두드리고 분부하되,
> "이놈 들으라. 우리가 금강산 구경 가다가 노자가 모자라니 돈 오천 냥만 내어 와야지, 만일 그러하지 아니하면 목숨을 끊으리라."
> 하니 놀부 오천 냥을 주니라.

아홉 번째 박에서 나온 왈짜들에게 놀부가 고문을 당하는 장면입니다. 앞에서도 덜미를 잡히고 뺨을 맞고 공중에 던져지고 나무에 거꾸로 매달렸던 놀부인데 여기서는 급기야 피를 토하며 횡설수설하는 지경에 이릅니다.

두 판본은 결말에서도 차이를 보입니다. 김연수 창본에서 놀부는 마지막 박에서 나온 장비의 불호령에 놀라 숨이 멎고, 흥부가

가져온 환혼주로 살아납니다. 통곡하며 죄를 뉘우치는 놀부에게 흥부는 재산 절반을 나누어 주지요. 해피엔드라고 할 만합니다. 양반 지주를 향한 적대감은 옅습니다. 오히려 포용적인 태도와 놀부의 변화에 대한 낙관적인 기대가 깔려 있어요.

이에 비해 경판 25장본은 훨씬 건조합니다. 마지막 박에서 솟아 나온 똥줄기로 온 집이 뒤덮이자, 놀부는 "동냥할 바가지나 가지고 나왔더라면 좋을 뻔했다"라고 한마디를 뱉고는 가족을 이끌고 흥부에게 갑니다. 이야기는 여기서 그대로 끝나버려요. 놀부의 반성도, 형제간의 화해도 나오지 않습니다. 저는 이 결말에서 지주계급에 대한 백성들의 뿌리 깊은 냉소를 봅니다. 현실의 놀부들에게 혹독한 피해를 받아 온 백성들로서는 놀부가 잘못을 깨닫고 새사람이 되는 모습을 도저히 상상할 수 없었던 것 아닐까요.

이 작품은 삶을 지탱해 온 믿음이 무너지는 시대에 벌어진 선악과 빈부의 불일치를 다룹니다. 그 불일치를 해소하고 싶은 소박한 마음들이 모여 권선징악이라는 결말이 된 것이지요. 물론 이것은 문학적 해소일 뿐 문제의 해결은 아니었습니다.

그러나 문학은 문제의 해결이 아닌 진실의 발견을 향합니다. 그리고 인간은, 진실을 마주하고 나면 그 이전으로는 결코 돌아갈 수 없는 존재예요. 장터에서 울고 웃으며 흥부와 놀부의 이야기를 들은 사람들은 집을 나설 때와는 약간씩 다른 존재가 되어 돌아갔을 겁니다. 진실은 그것을 발견한 사람의 수만큼이나 다양해서 그들이 각자 무엇을 발견했을지 알 수는 없지만요.

이것이 제가 말하고픈 《흥부전》의 근사함입니다. 그 매력이 여러분에게 조금은 전해졌나요? 사실 《흥부전》은 더 많은 재미와 무수한 질문을 품고 있답니다. 본래 고전은 그런 작품을 가리키는 말이니까, 어떻게 보아도 《흥부전》은 고전이 확실한 것 같네요. 여러분의 《흥부전》이 보여 주는 진실은 어떤 모습일지 궁금해하며 저는 이만 물러갈게요. 어질더질.

참고자료: 김풍기 외, 《고전산문교육론》, 역락(2015); 정충권, 《흥부전 연구》, 월인(2003)